Narratori ◀ Feltrinelli

Chiara Gamberale
L'isola dell'abbandono

© Giangiacomo Feltrinelli Editore Milano
Prima edizione ne "I Narratori" febbraio 2019
Published by arrangement with The Italian Literary Agency

Illustrazioni di Silvia Ziche

Stampa Grafica Veneta S.p.A. di Trebaseleghe - PD

ISBN 978-88-07-03340-7

www.feltrinellieditore.it
Libri in uscita, interviste, reading,
commenti e percorsi di lettura.
Aggiornamenti quotidiani

L'isola dell'abbandono

*A chi resta*

Il mondo è un labirinto dal quale era impossibile fuggire.

Jorge Luis Borges, *Finzioni*

Emanuele
Roma, maggio 2018

No. Non aveva mai creduto che potesse venire qualcosa di buono da persone afflitte dallo stesso problema che stabiliscono programmaticamente di aiutarsi. Credeva semmai che la salvezza, come la sventura, ci sorprende, e arriva da dove meno ce lo aspetteremmo.

Eppure si ritrovava lì, perché Damiano aveva insistito e, nonostante tutto, aveva ancora il potere di condizionarla se si trattava di stare bene, stare male, provare a stare meglio.

A cominciare era stato l'unico uomo presente in sala, che teneva lo sguardo incollato alla punta delle scarpe da ginnastica e masticava ossessivamente una radice di liquirizia: "Ciao, mi chiamo Franco e, come molti di voi ormai sanno, sono gengle da un anno e tre mesi".

"Ciao, Franco," lo avevano salutato gli altri, in coro. Il responsabile dell'Associazione Genisoli le aveva fatto cenno di non essere timida e lei aveva obbedito. Ciao, Franco.

"Difficile da credere, ma negli ultimi giorni le cose sono perfino peggiorate. Ho pregato la stronza di farmi sapere quali settimane di agosto potrò passare con la bambina, ma se la chiamavo non mi rispondeva, allora ho insistito su WhatsApp, e lei: dipende dalla tua Samy, o meglio, da quando la tua Samy ci fa la grazia di sparire, mi ha scritto. Capito? Se ne va, si mette con un altro, evidentemente con quell'altro già ci stava da non voglio nemmeno sapere quanto, io muoio, ma non per dire, nessuno lo sa meglio di voi: muoio, e quando finalmente incontro Samy, che meritava molto, ma molto di più del cadavere che ero, che fa, la stronza? Dice o passi le vacanze con Samy o le passi con la bambina. Cioè, o la mia donna o mia figlia… Perché naturalmente quell'altro nel frattempo si è reso conto di quant'è stronza la stronza e l'ha lasciata. Ma io che colpa ne ho? E Samy? E mia figlia, soprattutto. Che colpa ne ha lei? Per un anno è stata con me quattro giorni a settimana, quando la stronza doveva correre dietro al suo pilota…"

Intercetta lo sguardo di lei, incuriosito, e spiega: "Tu sei nuova, ma gli altri lo sanno bene: la stronza si era messa con un pilota della Air Dolomiti: hai mai preso questa compagnia aerea? No? Ecco: nemmeno io. Nemmeno la stronza, ma da quel momento, non avendo niente da fare, perché come sapete per lavoro gioca a occuparsi degli appartamenti che i suoi affittano, ha cominciato a seguire tutti i voli Air Dolomiti. Su e giù fra Verona e Monaco di Baviera, Verona e Francoforte, Verona e sto cazzo… E con chi rimaneva Benedetta? Con me, sempre con me. Poi però, all'improvviso, il pilota la molla, e allora basta: si ricorda di avere una figlia, e decide che quella figlia può essere anche mia solo se io non mi rifaccio una vita. È giusto? Vi pare giusto?".

"Grazie, Franco," avevano risposto gli altri, sempre in coro. No che non è giusto, aveva pensato lei, invece. E non riusciva a capire perché nessuno dicesse la sua, se avessi una minima confidenza con te, Franco, prenderei la parola io, ti direi coraggio, non soccombere, la stronza ha evidentemente più personalità di te, ma tu hai la consapevolezza dalla tua, oltre a Benedetta che sicuramente ti adora, chissà quanti bastoncini di liquirizia succhiate quando state insieme, e insomma, dai, l'importante adesso è proteggere la piccola da tutto questo e sicuramente Samy saprà starti vicino… Ma era arrivato il momento di una signora con i riccioli a lumache,

stretta in un tailleur di panno rosa salmone: "Ciao, sono Michela e sono gengle da sette anni".
Ciao, Michela.
"Davide è un ragazzino fantastico, lo sapete... Ma ormai comincia a pretendere delle risposte. *Quelle* risposte. Mi chiede perché, anche se suo padre non ha mai voluto incontrarlo, lui non ha il diritto di incontrare suo padre, di farselo indicare almeno da lontano... Un compagno di classe gli ha detto che è normale avere i genitori separati, però non sapere chi è tuo padre no, non è normale, e che ha sentito sua madre dire alla madre di un altro compagno che forse Davide è figlio di un uomo che una famiglia già ce l'aveva e che io insomma dovevo essere l'amante perché quelle con gli occhi da animale braccato come ce li ho io nascondono sempre un segreto inconfessabile... Vi rendete conto? Con tutto il rispetto per Franco, io credo che quando tocca a noi donne ritrovarci gengle, oltre alla paura di sbagliare, alla responsabilità di prendere qualsiasi decisione senza poterci confrontare con nessuno, e a tutte quelle sfumature di solitudine che se siete qui conoscete bene, c'è la società che ogni giorno ci guarda, ci giudica, ci ricorda il nostro fallimento... Ci sono le altri madri... E vaglielo a spiegare alla società e alle altre madri che il tuo ex era divorziatissimo, ti considerava in tutto e per tutto la sua compagna, ma di figli ne aveva già quattro, e te l'aveva detto chiaro e tondo: Michela, io ti amo, ma un altro figlio non lo voglio, non lo vorrò mai. E che ci potevo fare se invece io lo volevo e se ero sicura, sicurissima che anche lui, se fosse arrivato, avrebbe scoperto di desiderarlo eccome un altro figlio? Avrei dovuto continuare a prendere la pillola e delegare a lui la decisione più importante della mia vita? Maddai... Avrei dovuto mettergli in mano il mio desiderio più importante perché lui ne facesse carne da porco?"

"Forse avresti potuto lasciarlo e cercare un altro compagno che invece un figlio lo desiderava. O rimanere con lui e fare un figlio da sola. Non ti sto giudicando, Michela: figurati. Sto solo provando a immaginare quali possano essere stati i pensieri che ha fatto lui, quando ha saputo che eri incinta. E comunque, sentite qui: le altre madri. Non sembra pure a voi il titolo di un film dell'orrore? A me sì. *Le altre madri... Le altre madri 2: sono tornate... Le altre madri 3: impossibile eliminarle...*" A intervenire era stata una donna con un'aria vagamente orientale e la pancia enorme e perfetta del nono mese, ma che sembrava una bambina che si era ficcata un cuscino sotto la maglietta, tanto le braccia e le gambe erano rimaste sottili. "Lidia, scusa," era intervenuto il responsabile. "È il tuo secondo incontro, probabilmente non sai che alla Genisoli ognuno racconta il suo vissuto, consegna le sue emozioni, e noi lo ringraziamo per questo, ma non ci permettiamo di esprimere opinioni che rischierebbero di intralciare un percorso delicato e individuale come è quello della monogenitorialità."

Quindi, mentre parlano gli altri, ognuno può continuare a riflettere sui guai suoi e se la cava con un grazie, finché finalmente la scena non spetta a lui, aveva pensato lei.

"Quindi, mentre parlano gli altri, noi possiamo continuare a contemplare indisturbati il labirinto del nostro ombelico, invece di ascoltarli?" aveva domandato Lidia, come se le avesse letto nel pensiero.

Il responsabile non aveva raccolto la provocazione: "Mentre parlano gli altri, abbiamo la straordinaria occasione di empatizzare con loro. E magari attraverso la loro storia possiamo ricevere spunti importanti per la nostra. Non ti è successo, finora?".

No, Lidia aveva scosso la testa.

"Vuoi spiegarci perché? Magari se ci aiuti a capire di che cosa hai bisogno sarà più facile provare ad aiutarti. Intanto però ringraziamo Michela: grazie Michela."

Grazie, Michela.

"Lidia?" Il responsabile era tornato a rivolgersi a lei.

"Ciao, Lidia." Gli altri.
"Sono Lidia e non sono ancora genitore, come potete vedere, ma sono single, credo... E però di che cosa ho bisogno mica lo so... Anche Pietro, il mio compagno, anzi il mio ex compagno, me lo chiedeva in continuazione: ma si può sapere di che cosa hai bisogno, tu? E io, ogni volta: se sapessimo di che cosa abbiamo bisogno, non avremmo bisogno dell'amore, no? Perché a che diavolo ci serve, scusate, l'amore, se non a darci proprio quello di cui non avevamo la minima idea di avere bisogno? E pure un gruppo per genitori single, o per genisoli, come dite voi, abbiate pazienza: a che cosa servirebbe se ognuno di noi sapesse di che cosa ha bisogno? Franco, scusami se mi permetto... Ma sei certo che il tuo problema sia che la cosiddetta stronza non vuole che tua figlia abbia a che fare con Pam?"
"Samy," mastica Franco.
"Che?"
"La mia ragazza si chiama Samy, non Pam," ripete.
"Samy, scusa. Comunque: sei convinto che stai male perché non puoi passare le vacanze con lei e con tua figlia?"
Franco non aveva risposto, ma aveva finalmente alzato lo sguardo dalla punta delle scarpe agli occhi da manga di Lidia.
"La mia sensazione è che tu, adesso che a tua moglie è passata la smania per il pilota, ed è ovvio che vorrebbe tornare con te, sei combattuto. Perché sei grato a Samy, certamente, e certamente a fare il gengle di Benedetta sei stato pazzesco. Però: vuoi mettere? Quelle vacanze con Benedetta e la stronza, prima del pilota, prima di Samy, prima di tutto? Vuoi mettere? Quei litigi senza senso dove finiva sempre che aveva ragione lei, ma a te andava bene così, a te bastava che finalmente fosse tornata a sorridere e a parlare dei suoi appartamenti in affitto? Forza, Franco. Dillo a noi che siamo tuoi amici e tanto siamo troppo impegnati a pen-

19

sare ai fatti nostri per giudicarti, quindi comunque ti ringrazieremo."

Franco aveva dovuto abbassare di nuovo lo sguardo per rispondere: "Sono molto confuso. Crescere una figlia da solo non è facile, non è affatto facile. E naturalmente la stronza ogni tanto mi manca".

"Benissimo... Cioè: no. Male. Ma, se siamo venuti fino a qui, almeno proviamo a darci una mano per mettere a fuoco quali sono davvero i nostri problemi. È per questo che io ho cercato un gruppo, voi no? No?..." Tutti erano rimasti in silenzio. "Perdonatemi, sto esagerando, me ne rendo conto. Gli ormoni, gli ormoni: sono sicuramente gli ormoni. Insomma, non vi sfuggirà: fra meno di due settimane tocca a me, partorisco. Se ci fermiamo a riflettere, è una pazzia bella e buona, dai: è come se, nove mesi prima di incontrare l'amore della tua vita, te lo preannunciassero: guarda che fra nove mesi lo incontri, sai? Ve lo immaginate, se succedesse così? Ovvio che, più si avvicina quel giorno, più rischieremmo di sbagliare tutto quando ci ritroviamo davanti l'uomo o la donna della nostra vita... Infatti sono felice come non sapevo di potere essere. Ma terrorizzata. Nello stesso, identico momento. Ecco perché sono qui. Vedete, quando ho scoperto di essere incinta, con Pietro ci stavamo lasciando, io ero tornata a vivere a casa mia, a Roma, mentre lui abita a Milano, e lì era rimasto. Però, davanti a quel test di gravidanza, quel giorno – era un giovedì – ci siamo trovati all'improvviso muti, rimbambiti dal mistero, e ci siamo detti proviamoci, ricominciamo da quello che fra noi è stato bellissimo, cerchiamo di capire se è rimasta qualche traccia... Ma niente. Nemmeno questa pancia si è rivelata più grossa della nostra crisi. La decisione l'ho presa io, una mattina di dicembre – era un lunedì. Avevamo affittato per qualche giorno una casa in montagna, io ero al quinto mese, le nausee erano finite, avevo saputo che la bambina stava bene e che, appunto, sarebbe stata una bambina... Giorno dopo giorno, come sarà successo a ognuna di voi e pure alla tua stronza, Franco, diventavo solo corpo, niente rimaneva fuori da quest'aspettare e per la prima volta in tutta – tutta – la mia vita avevo la sensazione che non mi mancasse niente. Da sola non mi sentivo più sola, mai, ma con Pietro, invece, mi sentivo sola sempre... Urlavo ascoltami, lui rimaneva zitto, urlavo parlami, lui sempre zitto, mi chiedeva parliamo?, e io urlavo... Mentre la pancia cresceva e la sua potenza ci obbligava a fare i conti con la nostra miseria... Finché, appunto, siamo arrivati in montagna, era tardi, siamo andati a dormire subito, non mi ricordo neanche perché quella sera avevamo litigato, fatto sta che la mattina dopo mi sono svegliata per prima, sono andata in cucina... e? C'era fango da tutte le parti... Il frigo era spalancato, la notte prima lo avevamo riempito di cose, ma ora era vuoto, vuotissimo, per terra rimaneva solo un cartone di latte a gocciolare. Ho chiamato Pietro, si è precipitato, la porta era stata scassinata, i ladri avevano rubato anche tutto quello che avevamo lasciato sul tavolino all'ingresso, i cellulari, le sciarpe, i cappelli, il suo iPad, il mio pc... Erano entrati mentre noi dormivamo nella stanza accanto alla cucina... Pazzesco: e se uno di noi, nella notte, si fosse alzato per bere un bicchiere d'acqua? Se mi fossi alzata io, al quinto mese? Se li avessimo incontrati? Che cosa ci avrebbero fatto? Quanti erano? Da dove venivano? Erano persone del posto? Come avevano fatto a fare così piano, mentre ci rubavano tutto? continuavamo a chiederci, eravamo sconvolti, volevamo capire, sapere. Ma anche dopo essere stati in questura non siamo venuti a capo di niente. Pietro si è ripreso subito, io no, continuavo a farmi quelle domande, ossessive. O meglio. Non esattamente quelle. Ma quasi. Mi chiedevo: che cosa ne potrà mai sapere Alba – così si chiamerà la bambina – di quello che è successo, mentre galleggiava indisturbata nel suo sacchetto celomatico? Come per me, come per voi, come per tutti quanti, arriverà anche per lei il momento in cui si chiederà da dove le viene quel

certo vizio, perché le manca quella certa sicurezza, chi erano insomma i suoi genitori, oltre a essere sua madre e suo padre, e come sono riusciti – quando lei era nell'altra stanza a essere piccola – a fare così piano, mentre le rubavano tutto… Ma anche lei non verrà a capo di niente. Come me, come voi, come tutti quanti.
Rimane sempre e solo il fatto che siamo stati scassinati.
È lì che con Pietro sono esplosa: 'Senti, io non ci posso fare niente, ma ci siamo allontanati talmente tanto in questi mesi… e una cosa ho il dovere di dirtela e tu hai il dovere di ascoltarla. Questa figlia non la sento nostra, la sento solo mia, e lo so che avevamo deciso di metterla al centro e costruirle attorno la famiglia che in due non siamo riusciti a diventare, però nostra non si decide, nostra è o non è'. È lì che lui poteva accogliere come una possibilità il primo momento di sincerità fra noi, dopo tutte quelle bugie e quei silenzi interminabili… Invece si è ferito e basta. Se ne è andato, e da quel momento si fa sentire una volta alla settimana – di mercoledì – e chiede notizie solo della pancia, come se io, a parte la bambina che aspetto, per lui non esistessi più. Non è stato facile, non è facile. Per fortuna con me ci sono i miei amici, io li chiamo la mia Arca Senza Noè, siamo tutti persone simili, che hanno sbaraccato da quello che converrebbe essere o pensare… Ma soprattutto c'è il mio ex marito, Lorenzo, che da quando è diventato ex si è trasformato nell'uomo premuroso che non era mai stato, mi accompagna alle visite, a scegliere il fasciatoio, la culla, e mi dice che se Pietro si occuperà solo della bambina, io devo stare tranquilla, perché ci sarà lui che si occuperà di me e non mi lascerà mai, mai sola in quest'avventura… E se arriverà un'altra donna nella tua vita? gli chiedo, a volte. Non arriverà mai nessun'altra donna, mi risponde lui, perché se non sono riuscito a stare con te con chi potrei riuscirci? Andrà tutto bene, mi promette in continuazione. E allora mi sto convincendo che sì, andrà tutto bene, e in qualche modo Alba e io

ce la faremo. Insomma, con Pietro non potevo comportarmi diversamente. Perché è sempre lì che ho capito l'unica cosa che in questi nove mesi ho capito. Ho capito che nessuno di noi, purtroppo, può evitare che i nostri figli si sentano derubati da quello che noi saremo o non saremo, gli daremo e non gli daremo... Però se noi, adesso che siamo solo all'inizio, non ci diciamo bugie, se facciamo lo sforzo di rimanere saldi e non permettiamo all'Uragano Figlio di portarsi via le nostre contraddizioni, le nostre impotenze, i nostri più veri, oscuri desideri, se non trasformeremo i nostri figli nella scusa per perdere definitivamente il contatto con quello che davvero siamo, anche se è scomodo, soprattutto se è scomodo, io penso che quando un giorno loro ci chiederanno: che cosa è successo, mamma?, come mai qui, nella mia testa, è tutto per aria? perché la serratura del mio cuore è stata scassinata, papà?, be': almeno una risposta da noi ce l'avranno, e non dovranno andare a cercarla da un analista, dall'amore, da una guida spirituale, dall'amore, dai fiori di Bach, dall'amore. Da un gruppo come questo. E magari a loro volta, quando cresceranno, sapranno che cosa vogliono, lo sapranno chiedere, sapranno dire qui mi fa male, oppure scusa, saranno liberi di dire ti amo anch'io, non ti amo più, invece di girare per il mondo contagiando chi incontrano con la loro maledetta impossibilità di tirare fuori quello che cazzo sentono."
...
Be'?
Si è capito qualcosa?
Siete d'accordo?

"Grazie Lidia," avevano recitato tutti.
Ma lei stavolta no, stavolta lei non si era unita agli altri, era rimasta zitta.
Finita la riunione, aveva allungato a quella donna il suo

biglietto da visita e le aveva soffiato se e quando vuoi chiamami.
Poi aveva pensato tre cose.
Non tornerò mai più in questo posto.
Quanto mi manca la pancia.
Stasera lo faccio, stasera gli scrivo.

Anche lei incinta si era sentita invincibile. Credeva di avere capito qualcosa, almeno una cosa, e adesso neanche si ricorda qual era. Perché comunque si sbagliava: non aveva capito niente, non si può capire niente.
Aveva scritto una lunga lettera a suo figlio, più di quaranta fogli, mese dopo mese, per raccontargli le varie fasi della gravidanza, i pensieri, le paure, la trafila delle visite, aveva infilato nella busta le foto dei suoi genitori e degli amici più cari perché "sono la mia famiglia e saranno anche la tua"...
Gli aveva raccontato perfino come si erano conosciuti lei e Damiano, senza omettere (quasi) nessun particolare, sia perché, come quella Lidia, credeva fosse salutare avere la possibilità di conoscere la storia da cui veniamo, sia perché, se fosse morta, suo figlio un giorno avrebbe sicuramente cercato delle risposte, come oggi fa il figlio della tizia in tailleur rosa salmone, e in quella busta magari qualcuna ne avrebbe trovata.
Ma adesso Emanuele ha sei mesi e lei già non saprebbe più dire che cosa ha scritto in quella lettera. Vedere la pancia di Lidia, ancora più che ascoltarla, le ha fatto venire una voglia irresistibile di aprire la busta e dare un'occhiata. Si era ripromessa che non l'avrebbe fatto mai, perché quei fogli sono di Emanuele, solo di Emanuele, e lei è già una persona molto diversa da quella che ha scritto la lettera, e comunque non è Emanuele.
Che finalmente si è addormentato, nel suo lettino.

È stato un piccolo trauma, uno degli innumerevoli – in così pochi mesi –, eliminare la culla che da quando era tornata dall'ospedale aveva tenuto accanto al suo letto e passare al lettino dove Emanuele ora dorme da solo, nella cameretta. È così da tre settimane e lei ancora non riesce ad abituarsi.

Infatti anche stasera si accuccia di fianco al lettino, su un minuscolo sgabello di plastica a forma di tulipano, e lo guarda.

"Ti amo," gli sussurra. "Ti amo da impazzire." E una parte di lei spera che continui a dormire e faccia tutta una tirata fino alle sette del mattino, una parte spera che si svegli, solo per un istante, per spalancare quel sorriso senza denti e senza senso, agitare le braccia come per dirle lo so chi sei, pure se ancora non ci credi io lo so, guarda che l'ho saputo subito, subito, e ti amo anch'io da impazzire, come per dirle guarda che esisti, esisti tantissimo.

Perché lei, soprattutto da quando Damiano se ne è andato, fa fatica a ricordarselo, che esiste.

È piena di Emanuele che proprio mentre la riempie rischia però di annientare tutto quello che prima di Emanuele lei era.

Era un'illustratrice di favole e fumetti per bambini, prima di Emanuele.

Era quella che aveva disegnato, sceneggiato e diretto il cartone animato *Naso torna sempre*.

Era troppo magra.

Non aveva tette, solo capezzoli.

Fumava un pacchetto di Marlboro Rosse al giorno.

Era innamorata di Damiano.

Davanti a chi soffre, cercava istintivamente un modo per andargli incontro e promettere la possibilità di una soluzione.

Ma in realtà viveva in una specie di ansia perpetua, il suono insistente di una nota bassa sottintendeva tutto il resto e dopo anni di terapia con il dottor Perrone, il collega a cui Damiano l'aveva affidata, aveva scoperto che tecnicamente soffriva di fantasia drammatica, così l'aveva chiamata quello psichiatra, un guasto tipico di chi non accetta la realtà e si rifugia nel sogno di qualcosa di meraviglioso o di tremendo, a seconda dell'umore, e che in lei si esprimeva virtuosamente nelle invenzioni dei suoi soavi, improbabili personaggi, ma pericolosamente nel terrore costante che sua madre, suo padre o Damiano morissero – naturale conseguenza di quanto le era capitato dieci anni prima, ovvio, ma anche e soprattutto sintomo, sempre stando al Perrone, di una radicale necessità di immaginare, e non senza un certo sollievo, che le relazioni da cui era dipendente potessero venire interrotte senza bisogno che fosse lei a lavorare sulla dipendenza.

Sentiva che il meglio, anche se ormai aveva quarant'anni, doveva ancora venire.

Ora, invece.

Dove sono finite, ora, tutte quelle lei che chiamava io?

Ora, le pare di non avere mai tenuto una matita in mano.

Dopo che per nove mesi le erano esplose, impensabili e giganti, le tette e la pancia e le cosce, ora penzolano molli, non sono più magiche, ma nemmeno asciutte e familiari come prima di tutto.

Non tocca una sigaretta dal dodici aprile dell'anno scorso, quando è andata dal ginecologo e ha scoperto che il test di gravidanza non era uno scherzo: quello che stava succedendo era tutto vero.

Ora, ha chiesto a Damiano di andarsene da casa; ora, è tornato a grattare quel ricordo che non è nemmeno un ricordo, è un'allucinazione – vattene ti prego –, è la domanda che non ha mai avuto senso rivolgersi – ti prego vattene –, è un vento: è tornato il meltemi.

Davanti a chi soffre, tende a bloccarsi e si commuove,

come le è successo alla riunione dei genisoli, mentre quel Franco parlava di sua figlia.

Vive nel terrore che nel sonno Emanuele possa smettere di respirare. O che muoia lei. Ma non si confida più con nessuno.

Sente che il meglio forse è finalmente arrivato, ma allora perché, appena Emanuele si addormenta, lei comincia a piangere, proprio come sta facendo in questo momento, sullo sgabello tulipano? Che cosa vuole, ancora? Ma soprattutto: che cosa ha perso, mentre non se ne accorgeva?

Proprio per questo, pensa, mi manca la pancia.

Perché finalmente, almeno per una volta, almeno per nove mesi, aspettavo qualcosa che sarebbe davvero capitato: aspettavo Emanuele. E questa nota bassa, quest'ansia pazza con cui ogni mattina mi sveglio e ogni notte provo ad addormentarmi, quest'attesa di qualcosa di tremendo che investe tutto quello che mi capita e lo screditalo determina, questa ranocchia in gola che gracida, ma per dire che cosa non ne ho la più pallida idea, di colpo si erano azzittite. Almeno per nove mesi, era rimasta solo l'attesa del meraviglioso, e per la prima volta, dopo tanti anni, dopo troppi anni, non si era sentita ridicola a credere di nuovo che la vita potesse essere un'avventura, perché aveva a che fare con una pancia che cresce, un corpo che cambia, si deforma, un altro che si forma, diventa un puntino un limone una persona, può essere dolcissima la vita, non è vero che, come sostiene Damiano, dobbiamo solo rassegnarci al fatto che per la maggior parte dei giorni non succede proprio niente di niente. E allora, forti della promessa di quell'avventura, elaboriamo teorie, facciamo proclami, proprio come oggi faceva Lidia. Garantiamo consapevolezze alle persone che ci stanno intorno e al figlio che arriverà.

Ma poi Emanuele è arrivato.

Le persone che le stavano intorno – "sono la mia famiglia

e saranno anche la tua" – si sono allontanate, o forse le ha allontanate lei, fa lo stesso. Comunque di consapevolezze non ce ne sono più, se l'è portate tutte via l'onda anomala di questo amore nuovo, immenso, spaventoso, inconcepibile, sembra pronto per abbracciare l'umanità intera un amore così, tanto è forte, e invece no, dell'umanità intera se ne frega, dall'umanità intera ritaglia solo un minuscolo rappresentante che ancora non ci vede bene, fa la cacca verde, strilla beve latte e dorme, quello lì, eccolo, è lui: è il mio.

Se sapessimo di che cosa abbiamo bisogno, non avremmo bisogno dell'amore…
Quant'è vero, riflette, mentre si è decisa a infilarsi a letto, ma fatica a prendere sonno.
Anche l'amore che ti convince di avere bisogno proprio di quello che l'altro può darti, però, è un amore pericoloso.
Il mio amore con Damiano è stato così.
Il mio amore con Damiano è così.
Il mio amore con Damiano è stato? È?
Riaccende la luce, torna nella cameretta, Emanuele continua a dormire nella stessa posizione in cui lo ha lasciato, con le braccia sulla testa e le gambe a rombo, le piante dei piedini una contro l'altra.
Va in cucina, si versa un bicchiere di vino da una bottiglia aperta troppo tempo fa. Va bene così.
Sul tavolo della cucina c'è il pc, lo apre.
Lo chiude.
"…Se non trasformeremo i nostri figli nella scusa per perdere definitivamente il contatto con quello che davvero siamo, anche se è scomodo, soprattutto se è scomodo…"
Lo apre, lo chiude.
Torna nella cameretta, fruga nel primo cassetto del fasciatoio, piano, bisogna fare molto piano: rovista fra i pannolini e

la pasta per gli arrossamenti e l'olio per i massaggi al pancino, finché la trova.

Se la infila fra la camicia da notte e il petto, come se qualcuno potesse vederla, mentre a parte Emanuele con lei non c'è nessuno, da tre mesi, da quando ha mandato via Damiano, non c'è mai nessuno con lei ed Emanuele – è sempre insieme a lui, ma sempre da sola, cioè sempre da sola insieme: e non è esattamente qui, in questo paradosso, il senso dei primi mesi di maternità? –, si versa un altro bicchiere di quel vino cattivo, strappa la busta e cerca un foglio in particolare.
Quello.

*E adesso, Emanuele-che-verrai, è arrivato il momento che ti racconti chi è il tuo papà. È sua la voce che in questi mesi hai sentito di più, dopo la mia, e anche se io chiacchiero troppo e lui troppo poco, magari ti sei già accorto dal tono che, a differenza mia, è una persona molto seria. È questo infatti che ho pensato la prima volta che l'ho incontrato. Ecco finalmente una persona seria, ho pensato.*

*Avevo trent'anni, non avevo mai avuto una lira, lavoravo in una casa editrice di sussidiari e il sabato e la domenica facevo l'animatrice per le feste dei bambini al McDonald's, un posto dove fa tutto schifo ma che tu, proprio quando leggerai questa lettera, più o meno fra quindici anni secondo i miei calcoli, di sicuro adorerai. Qualche mia illustrazione era già uscita su raccolte di poesie di un editore molisano sognatore e scaramantico che stampava tredici copie di ogni libro, ma da un anno davvero mi era cambiata la vita, perché avevo vinto un concorso di fumetti, la "Gazzetta dei Bambini" aveva pubblicato una mia storia,* Pilù che fa su e giù, *e mi aveva chiesto di trasformarla in una striscia settimanale da cui poi era venuto fuori il mio primo libro. Ecco, ti incollo qui un ritratto di Pilù: come puoi vedere è un coniglietto dal pelo rosso e blu.*

 Lo strano termometro a forma di carota che tiene fra le zampe è l'umorometro, che misura appunto il suo umore: se la pallina nel termometro si sposta verso il basso, dove c'è scritto PERICOLO BLU, Pilù diventa tutto blu e passa la giornata a orecchie basse, trascinandosi per la campagna e ripetendo "Ohi ohi, poveri noi". Se invece la pallina si sposta verso l'alto, dove c'è scritto OCCASIONE BRILLANTINA, Pilù diventa rosso, il pelo gli si ricopre di brillantini, luccica come la scia di una cometa, e lui saltella di casa in casa: "Alè, alè, giocate assieme a me!". A volte la pallina oscilla fra i due estremi, e allora Pilù trotterella pacioso senza meta, un po' rosso un po' blu. Ogni striscia cominciava con Pilù che aveva un certo umore e nel giro di quattro vignette poteva succedere di tutto, e magari il fienile dove abitava la sua famiglia andava a fuoco, oppure non succedeva proprio niente, ma l'aria si faceva semplicemente un po' più fresca, e così alla fine della striscia il suo umore cambiava.

*Ho tirato in mezzo Pilù perché me l'aveva ispirato Stefano, il mio fidanzato di quel tempo. E perché, se non ci fosse stato Stefano, non avrei mai conosciuto il tuo papà. Proprio come Pilù, Stefano poteva raggiungere picchi di profonda gioia e picchi di profonda malinconia. Pensa che l'umorometro l'avevo inventato per lui.*

L'aveva costruito davvero, con del cartone colorato e una pallina di plastilina che spostava lei, e lo teneva appeso al suo monitor, in casa editrice. Ogni mattina, appena sveglia, anche se Stefano il più delle volte si rotolava ancora nel letto, lei tentava di cogliere un segno – la lentezza di un gesto, l'ombra o il bagliore di uno sguardo – e una volta al lavoro posizionava la pallina… Provava insomma a prevedere se al suo rientro l'avrebbe trovato di nuovo a letto, al buio, o eccitato e rapito dal progetto a cui stava lavorando con gli altri architetti del suo studio. Era molto faticoso stare con lui. Ma poteva essere fantastico, pure se questo a Emanuele molto probabilmente non lo dirà mai, perché raccontare a un figlio la vera storia della sua famiglia è un conto, magari può fare del bene a tutti, soffermarsi su quanto sua madre amasse l'uomo con cui aveva vissuto per anni senza nessuna sosta e nessuna possibilità di distanza è inutile, se non un filo perverso. Per non parlare di quello che era successo dopo: quell'isola. Quello sguardo sbilenco. Il meltemi.
Comunque.
Perfino per i suoi genitori era stato difficile comprendere la relazione che aveva con Stefano, figuriamoci per un figlio, dopo tutti quegli anni.
"Che ci devo fare? La sua insanità mi interessa sempre e comunque più della sanità di tutti gli altri," rispondeva a Caterina e a tutto il coro delle amiche quando le chiedevano come fosse possibile che avesse sopportato quel tradimento, il primo, con la loro dirimpettaia, una ragazza danese a cui lei

era molto affezionata, e quell'altro ancora, con una collega architetto che anche quando la tresca era diventata evidente lui si ostinava a invitare a cena da loro, e ancora quell'altro, per cui addirittura se ne era andato a vivere con la dj del locale dove si erano conosciuti, e l'altro, l'altro, l'altro. Fino all'ultimo... Questo suo bisogno di sfregiare quello che vi lega per poi ogni volta rotolare di nuovo ai tuoi piedi, confuso e ferito dal suo stesso sadismo, e farsi spiegare da te che cosa è successo: come è possibile che lo sopporti?, per non parlare delle urla, roba da costringere i vicini di casa a intervenire, perché, quando la pallina di plastilina rimaneva per giorni fissa su PERICOLO BLU, Stefano prendeva un pretesto a caso e cominciava a battersi la testa con un pugno e a urlare che lei lo avrebbe abbandonato, era evidente che non lo amava più, ma allora doveva dirglielo subito come si chiamava l'uomo di cui si stava innamorando e per cui l'avrebbe lasciato, subito doveva dirglielo. In quei sette anni, giorno dopo giorno, sfregio dopo sfregio, il senso di minaccia incombente, che prima di conoscere Stefano e dopo Stefano non l'aveva mai abbandonata, era sparito, e al suo posto era spuntato in lei, per radicarsi, il desiderio ostinato di aiutare quell'uomo, salvarlo da se stesso, sentimento che, le avrebbe spiegato una volta per tutte Damiano, oltre a essere la maschera della più banale trappola che si può nascondere dentro a una relazione, non c'entrava niente con l'amore di una donna per un compagno, somigliava molto di più all'amore di una madre per suo figlio. E adesso che c'è Emanuele, solo adesso, lei può dire con certezza che Damiano aveva ragione, e che la rinuncia al diritto dei suoi bisogni a cui la storia con Stefano l'aveva chiamata, in nome dell'amore incondizionato e di un'estenuante disponibilità a comprendere, anche e soprattutto dove sarebbe stato naturale dispiacersi, era qualcosa che non aveva a che fare con l'uomo che aveva accanto, ma con il bambino – amato troppo, non amato, amato male, come tutti i bambini – che quell'uomo era stato. Bambino che crescendo le persone camuffano da qualcuno pronto per l'esistenza, ma Stefano no. Non riusciva a camuffare.

Fatto sta che con lui non c'era bisogno di anelare al meraviglioso o di evocare il tremendo: la vita con lui era già meravigliosa, ed era tremenda.

Se potesse vedermi adesso... Si ritrova a pensare. Dà un'occhiata alla camicia da notte a quadretti rosa e verdi, con una macchia gialla sulla manica – sono le vitamine che Emanuele deve prendere e immancabilmente sputa. Non ci crederebbe che la sua Occhi si è trasformata in questo mucchio di carne distribuita male che non si lava i capelli da cinque giorni... Occhi. L'aveva soprannominata così ancora prima di baciarla, a quella festa dove a lei era bastato vederlo avvicinarsi, per sentire in gola la paura degli inizi. Non era bello, era qualcos'altro, aveva la risata di chi non rifiuta niente, gli occhi lunghi, sottolineati dall'eyeliner, la pelle bianco latte, il corpo magro e flessuoso di una donna.

"Allora, Occhi. Come ti chiami, quanti anni hai, bla bla bla. Spara," l'aveva investita fuori dal locale, mentre si accendeva una canna.

"Occhi?" lei.

"Occhi, sì. Ce li hai stupendi, non sarò mica il primo a dirtelo. Pure se hai bisogno di fare quella a cui non importa di niente, le basta giusto una maglietta per uscire, è chiaro che l'hai scelta con molta cura questa che hai addosso, per attirare l'attenzione sull'evidenza che il verde dei tuoi occhi brilla decisamente più di un verde maglietta qualsiasi. È un verde alieno, il tuo. Pensa che ero al bancone e mi sono fatto largo fra tutte 'ste bestie solo per vederli da vicino."

"...Per veder-mi, da vicino?"

"No no. Per vedere i tuoi occhi. E però devo ammettere che anche il resto non mi dispiace. Certo, non hai tette, ma il culo è fantastico. E perfino il nasone, di cui magari tu ti vergogni, io lo trovo sexy. Sei bella, Claudia."

"Non mi chiamo Claudia."

"Allora sbrigati e dimmelo: come ti chiami, quanti anni hai, bla bla bla."

Finire a casa di lui – una stanza con la moquette che puzzava di varechina e le pareti interamente coperte da biglietti del cinema e di concerti, anche in bagno – per lei era stato naturale. Come era stato naturale fare l'amore subito, e, nonostante l'insolenza dell'approccio, farlo con una misteriosa tenerezza, addormentarsi abbarbicati l'uno all'altra, come se anziché incontrarsi si fossero appena ritrovati, poi rivestirsi di corsa, all'alba, perché?, dove andiamo?, io ho un treno per Bologna fra due ore, devo fare un sopralluogo per una ristrutturazione, ma tanto tu vieni con me: no? Era così, Stefano: se la pallina dell'umorometro era fissa su OCCASIONE BRILLANTINA, era un mago, era il sogno, era Jareth quando in *Labyrinth* dice ho sovvertito l'ordine del tempo, ho messo sottosopra il mondo intero e l'ho fatto per te, era Kurt Cobain quando cantava take your time, hurry up, the choice is yours, don't be late, era tutti i suoi poster di ragazzina, era quello che da sempre cercava.

Sosteneva, fiero, che l'unico mezzo per sopportare la realtà fosse la poesia.

Così poteva organizzarle una festa di compleanno e invitare le persone che erano state importanti per lei, dall'asilo in poi, ma che via via aveva perso di vista, come succede: la maestra delle elementari, il compagno di banco delle medie, la prima pen friend conosciuta in vacanza studio, lui si era messo sulle loro tracce ed era riuscito a convocarli tutti lì, quel giorno.

Inventare una danza e prenderla per mano, dai, ti insegno: si chiama la danza delle gru, e accendere la musica, dirle alza quella gamba, piega quell'altra, brava, e adesso balliamo invece di mangiare, balliamo invece di dormire, balliamo invece di esistere.

Oppure si sedeva di fronte a lei, per terra, quando proprio non le riusciva a venire un'idea ma aveva una consegna per il giorno dopo, intrecciava i piedi ai suoi e inventavano insieme nuovi amici per Pilù: il gallo Blablà, logorroico e mitomane, era nato così, e il maiale Edipo, che grufolava attaccato con uno spago al codino di sua madre, pure.

Indovinava i viaggi che lei da sempre avrebbe voluto fare e li progettava, anche con i soldi che non avevano, si metteva lì e studiava soluzioni, trovava su Internet coppie disposte a scambiare una stanza all'altro capo del mondo con la loro, a Roma, prenotava i biglietti con un anno di anticipo: quest'estate scappiamo in Giappone, a Dublino, in Namibia.

Fotografava tutti i bagni dove entrava, sognando di mettere su una mostra per raccontare così la sua vita, ma anche la vita in generale: attraverso il bagno della casa dove si è stati bambini e oggi continuano ad abitare i nostri genitori, quello delle superiori dove abbiamo fumato la prima sigaretta, quello dove ci siamo sciacquati dopo avere fatto l'amore la prima volta, quello di un albergo di Tokyo, minuscolo e infestato da un profumo insopportabile di caramella mou, quello a Etosha, improvvisato nella foresta, e i più struggenti, i cessi di un autogrill anonimo dove ci siamo fermati per caso, andando a trovare un amico al mare, e non passeremo mai più.

E soprattutto poteva parlare, parlare, parlare fino allo sfinimento: anche dopo anni, si ritrovavano a passare la notte intera svegli, lui a dissotterrare un ricordo d'infanzia, d'adolescenza, lei a spolverarlo, provare a interpretarlo, restituirglielo nuovo, e le pareva così di scrivere e disegnare la sua storia migliore, si sentiva di fare la differenza, di assicurarsi un bonus contro la possibilità di venire di nuovo tradita, abbandonata, si sentiva ispirata, piena di significato, viva.

Ma poi la pallina andava su PERICOLO BLU.

E quando la pallina era fissa su PERICOLO BLU, poteva succedere quello che era successo a Naxos.

Naxos Naxos.

O a Londra.

*Ti racconto questo per farti capire che regalo è stato per me, quando ormai avevo perso le speranze, incontrare finalmente un medico capace di capire, di vedere. Quel medico, Emanuele-mio-e-nostro, sarebbe diventato tuo padre. Damiano Massimini. Avevo accompagnato Stefano alla prima visita, non era stato facile convincerlo, perché di psichiatri già ne aveva fatti fuori tre,*

Gente senza poesia: sosteneva.

*quindi puoi immaginare quanto fossi nervosa, finché il dottor Massimini è uscito dal suo studio e ci ha invitato a entrare. Ha quindici anni più di me, il tuo papà, ma da quel giorno lontano a oggi è sempre rimasto lo stesso: la barba che pare di polvere fa pensare che sia molto più vecchio, ma quegli occhi chiari e sempre attenti, invece, sono da ragazzo. Senza accorgermene, ho cominciato con il mio ma che bella luce c'è qui, che quadro magnifico, adoro Tirelli – perché faccio sempre così quando sono in tensione, esagero con i complimenti. Tuo padre non mi ha nemmeno considerata, si è subito rivolto a Stefano. È davvero impossibile dimenticarlo, un primo incontro come è stato il nostro...*

"Quanti anni ha?"
"Trentadue."
"Vuole che rimaniamo da soli?"
"No, lei è la mia anima, può rimanere."
"Bene. Come mai è qui?"
"Perché lo ha deciso lei."
"La sua compagna ha il potere di farle fare tutto ciò che desidera?"
"No, anzi. Di solito direi che è il contrario, purtroppo: io

non ho un bel carattere, sa... E però non sarebbe un carattere se fosse bello, diceva qualcuno. Comunque. Pare che stavolta io abbia esagerato e lei ha minacciato di andarsene se non fossi venuto qui."
"Perché ha esagerato? Che cosa è successo?"
"..."
"..."
"Due mesi fa è uscito il mio libro," era intervenuta lei. Dopo un anno di strisce sulla "Gazzetta dei Bambini", un editore per l'infanzia le aveva proposto di scrivere e disegnare una storia lunga di *Pilù che fa su e giù*. "In estrema sintesi, sono stata molto presa dal lancio e Stefano si è sentito trascurato, quindi..."
"Mi scusi, non stavo parlando con lei," l'aveva interrotta Damiano.
"Scusi lei, dottore. Scusi lei."
"Stefano, mi vuole raccontare che cosa è successo?"
"È vero. Lei mi ha trascurato e..."
"Ho detto che ti sei sentito, trascurato. Non che ti ho, trascurato."
"Signora, per cortesia. Questa non è una terapia di coppia, è una visita psichiatrica per il signor Stefano De Angelis."
"Scusi."
"Vada avanti, Stefano."
"Sbaglio sempre, cazzo. È sempre colpa mia." La voce di Stefano si era incrinata come gli capitava ogni volta che perdeva il contatto con quello che gli stava attorno e brancolava sul bordo delle sue visioni, per poi caderci dentro.
"Certo. Vede, dottore? Per Stefano esiste sempre e solo la sua colpa, mai il dolore degli altri. È anche questo il punto."
"Signora, non mi costringa a chiederle di uscire."
"Scusi."
"Stefano...?"
"Dottore, che ci devo fare? Se sento questa colpa, dentro,

che preme? E preme nello stesso punto dove premeva l'istinto di distruggere tutto quello che mi ha fatto fare quello che ho fatto."

"Fra quell'istinto e questo senso di colpa non avverte di provare altre emozioni?"

"No."

"..."

"Ma a volte sì, una. L'amore per lei." Le aveva accarezzato una mano.

"Provi a raccontarmi i fatti."

"Non lo so fare. Ma so che lei è partita per due settimane, è andata a presentare in giro il suo dannato libro. Cioè, non mi fraintenda, io adoro il suo lavoro, per me lei è una vera artista, molti dei personaggi di quel fumetto li abbiamo inventati insieme, è che... È che."

"Che cosa?"

"Non ci era mai successo di separarci per così tanto tempo, e io..."

"Non ci era mai successo? Ma che dici? E quando ti sei trasferito per dieci mesi a casa della dj?"

"Basta, signora. L'avevo avvertita. Mi lasci da solo con Stefano, per cortesia."

Lei era uscita, mortificata, ma nella sala d'attesa non c'era nessuno, così aveva incollato l'orecchio alla porta dello studio: la storia con Stefano da tempo, ormai, era diventata una terra pericolosa, un Far West dove tutto era lecito, perché difendersi era talmente necessario che ogni gesto era viziato da quella peculiare paura dell'altro che ci mette un attimo a trasformarsi in una prevaricazione, che per di più viviamo come legittima.

"Non lo fa apposta, lei è il contrario di me," diceva Stefano, al di là della porta. "Gli altri le interessano *davvero*. Ecco perché si scalda."

"A lei non interessano, Stefano?"

"Prima di incontrare la mia donna non posso dire di

averne mai messo davvero a fuoco uno, di tutti questi altri. Eppure c'è chi sostiene che siano sette miliardi e seicento milioni…"

Quel senso dell'umorismo così inopportuno, e per di più arrogante, a lei faceva sciogliere il cuore: che ci poteva fare? Aveva un debole per tutto quello che potrebbe venire bene e invece viene male, una battuta una torta un disegno. Il tentativo di Emanuele, proprio stamattina, di afferrare il biberon e tenerselo da solo.

"Ma ogni tanto, comunque, perdo di vista pure lei."
"Mi può aiutare a capire meglio?"
"L'altra settimana, per esempio. È vero. Lei era fuori per il libro e io ho pensato bene, ne approfitto, chiamo una mia amica con cui ogni tanto mi diverto e le chiedo se porta un po' di roba."
"Ricorre spesso all'uso di droghe pesanti?"
"Se capita."
"Quali?"
"Tutte, direi. Cocaina, ketamina. Ogni tanto anche eroina. Da quando sto con la mia donna mi sono dovuto regolare, le fanno schifo 'ste cose. Ma una botta la do sempre volentieri."

Non lo sapevo. Aveva pensato lei, al di là della porta. Non lo sapevo. E poi: quindi non finiranno mai? Non finiranno mai le cose di te, amore mio, che ancora non so? La testa aveva cominciato a girarle, come se stesse per svenire. Ma era l'effetto Stefano, ormai lo conosceva bene: una sensazione di impotenza che la faceva sentire morta e più viva che mai nello stesso, identico momento. Era come in quei giochi della "Settimana Enigmistica": aveva chiari tutti i puntini, tutti i motivi per cui si era innamorata di lui, ma non riusciva mai a unirli fra loro per realizzare chi fosse, la persona di cui si era innamorata.

"…allora questa mia amica arriva, porta un'altra amica

che non conoscevo, una che suona il violino, boh, con cui lei ha una specie di storia."
"Mi può dire come si sentiva, in quel momento?"
"..."
"Stefano?"
"Onestamente no, dottore. Non glielo posso dire. Non lo so. Cioè, le ragazze mi piacevano... Però..."
Però la mia donna mi piace di più. Non solo la amo. Mi piace. Il naso grosso che io trovo così sexy, le spalle strette, il suo ombelico e quegli occhi che mi hanno folgorato per me non possono avere rivali. Mi piacciono e mi bastano. Questo aveva sperato di ascoltare lei e nello stesso tempo sapeva che lui non avrebbe mai detto.
"Insomma, era da un po' che mi sentivo piuttosto bene, anche se non controllavo del tutto quello che mi capitava. O forse mi sentivo bene proprio per questo?"
"Torniamo a quel pomeriggio."
"Ci siamo fatti un paio di strisce. Siamo andati avanti non lo so per quanto... Magari è stata una questione di minuti, eh. O di ore. Non lo so, non lo so... A un certo punto devo aver preso una copia del suo libro e ho cominciato a leggerlo a quelle due. È la storia di una specie di coniglio bipolare, ma tanto non capivamo niente, eravamo troppo fatti, e ho chiesto all'amica della mia amica, la violinista, di continuare lei a leggere, perché la volevo filmare... Così ho preso la mia telecamera digitale, ho filmato, lei un po' sniffava un po' leggeva, mentre l'altra faceva finta di essere un coniglio, saltava, teneva un braccio piegato sulla testa come fosse l'orecchio del coniglio... Poi ho attaccato la telecamera al televisore e abbiamo rivisto tutto, ho messo il filmato in loop, ci era presa così, più lo guardavamo e più ridevamo, giocavamo a cambiare cd nello stereo per trovare la colonna sonora più adatta, poi ci è venuta una fame da morire, ho messo su l'acqua per fare una pasta, ma mentre aspettavamo ci siamo ad-

dormentati davanti alla televisione... E allora lei è tornata a casa." Due sconosciute sul divano che dormivano abbracciate a Stefano, mentre in televisione quelle stesse sconosciute prendevano per il culo Pilù, mentre dalla cucina veniva un odore tremendo e il fumo nero della pentola che continuava a stare sul fuoco, ormai vuota, mentre gli occhi di Stefano, sfavillanti di niente, la fissavano senza metterla a fuoco. Questo le era stato tirato dritto in faccia, appena era entrata. In quell'appartamento con due stanze, due bagni, una cucina gialla e il salotto con un piccolo balcone che affacciava sul Gazometro, a Ostiense, dove finalmente si erano trasferiti, lasciando la stanza che puzzava di varechina, solo grazie all'anticipo per il libro, alle strisce per la "Gazzetta dei Bambini" e al lavoro di redazione che lei ancora si teneva stretto, perché Stefano veniva regolarmente escluso da tutti i progetti più importanti del suo studio.

"Io non ho realizzato che cosa stava succedendo."

"E anche adesso fa fatica."

"Sì. Ma lei ha cominciato a urlare, a piangere, non l'avevo mai vista così, sembrava che le potesse uscire il fegato dalla gola per quanto urlava, infatti quelle due, poveracce, sono uscite senza neanche prendere le borse, io la imploravo di smetterla, lo sa che il suo dolore non lo sopporto, è come una pugnalata in piena testa per me..."

"Allora perché lo provoca?"

"..."

Perché? Lei gliel'aveva chiesto talmente tante volte... Senza mai ottenere risposta, come se neanche la domanda riuscisse ad avere un senso per Stefano, figuriamoci la fatica di cercare dentro di sé una risposta.

"Perché provoca il dolore della sua compagna, se sa che poi le risulterà insostenibile?" aveva insistito Damiano.

"Non lo so. È come se ogni tanto mi ritrovassi in un labirinto. All'improvviso non ho più certezze, ma solo sentieri

che si biforcano, dentro. E Occhi è l'unica che può aiutarmi a uscire."
"Occhi?"
"Sì. La chiamo così. A lei piace."
"Mmh... Comunque, quando si sente perso in questo labirinto, anziché chiedere l'aiuto di Occhi, lei la distrugge."
"Vero. Ma da qualche mese prendo un antidepressivo, lo Zoloft, che mi ha fatto bene, come le dicevo..."
"Chi gliel'ha prescritto?"
"Nessuno. Ho un amico farmacista che mi ha dato la dritta e me l'ha passato... Sa, vengo da un lungo periodo di cupezza e finalmente con questa medicina ho ripreso a lavorare, a percepire quello che avevo attorno, invece di subirlo, sono tornato energico, curioso, eccitato..."
"Al punto di invitare a casa quella sua amica, l'altro pomeriggio."
"Che cosa intende dire?"
"Che una persona come lei dovrebbe temere molto di più i momenti in cui si sente eccitato che quelli in cui avverte il peso della cupezza. Si può fare insostenibile quel peso, ma di per sé non è pericoloso. L'eccitazione a cui persone come lei possono arrivare, invece, può farla sentire così bene, ma così bene, da suggerirle di aprire una finestra e buttarsi da lì per provare a volare. Mi spiego?"
"Si spiega."
"Stefano, per la felicità ci vorrà del tempo, temo. Per cominciare dobbiamo mirare all'equilibrio. Le va?"
"..."
"Se le va, potremmo provare a sostituire l'antidepressivo con il Tolep, uno stabilizzatore per l'umore, e a vederci la settimana prossima."
Sì, gli andava: incredibilmente Stefano aveva risposto così. Lei si era allontanata dalla porta giusto in tempo per non essere scoperta. Uscito dallo studio, Stefano le aveva passato la mano fra i riccioli, che teneva e tiene ancora cortis-

simi come quelli di un ragazzino, e poi l'aveva stretta a sé. Il dottor Massimini le aveva dato la mano, buongiorno signora, e l'aveva fissata con insistenza. Si aspettava di cogliere rispetto, lei, in quello sguardo, ammirazione verso una donna che si prende carico della sofferenza che ammala il suo compagno al punto di perdonargli l'ennesima umiliazione che le infligge, pur di scovare per lui una possibilità di riscatto: e invece ci aveva colto del biasimo. Sarà perché ho parlato troppo, all'inizio? Si era chiesta. O perché potevo vestirmi con un po' più di cura, anziché presentarmi con questa tuta sformata che da quando Stefano è di nuovo peggiorato è l'unico modo con cui ho la forza di uscire di casa? Il motivo era un altro, ma l'avrebbe scoperto solo parecchio tempo dopo. Lì per lì, la preoccupazione per lo sguardo del medico che avrebbe salvato Stefano era durata pochi istanti, perché la grande notizia era, appunto, che un medico avrebbe salvato Stefano.

Allora Stefano aveva detto forza, sali, andiamo al mare, e in Vespa sulla Cristoforo Colombo, destinazione Ostia, avevano cantato le sigle dei cartoni animati che vedevano da bambini, Stefano aveva improvvisato una versione techno di *Lady Oscar*, e una rap di *Lulù l'angelo tra i fiori*. Settembre stava finendo senza farlo apposta, l'aria era ancora calda, il litorale, a parte un paio di pescatori che giocavano a carte, era tutto per loro, si erano tolti le scarpe e avevano cominciato a camminare tenendosi per mano come facevano sempre, quando il potere di quello che li legava sembrava più forte della minaccia che quel potere portava con sé. Vedrai, Occhi: la prossima estate ci riscatterà da tutto questo schifo che abbiamo passato, ti voglio portare a Naxos, mi hanno detto che è un'isola con una luce grandiosa e un'energia incredibile, così tu disegni, io mi farò affidare un progetto che finalmente dimostrerà a tutti chi sono: appena ci svegliamo facciamo l'amore, poi ognuno fa il suo dovere, lavoriamo, poi esploriamo l'isola, cerchiamo una spiaggia solo per noi, come questa, però fantastica, allora facciamo di nuovo l'amore, andiamo a mangiare in una taverna sul mare, e finalmente a casa... Facciamo di nuovo l'amore? aveva riso lei. No, ti chiedo di sposarmi, aveva risposto lui. Te lo chiedo tutte le sere finché non mi rispondi di sì. L'aveva spinta sulla sabbia e l'aveva baciata come da mesi non faceva più, perché ultimamente i loro corpi neanche affrontavano da lontano l'argomento sesso. Che comunque fra loro era stato sempre qualcosa di spirituale, più che di fisico o di emotivo. Qualcosa che aveva a che fare con la fantasia drammatica di lei e con il buio in lui, con tutto quello che di inconsolabile c'era dentro di loro, ma anche con i cortili dove giocavano da piccoli e dove, almeno per un attimo, erano stati felici e inconsapevoli. Qualcosa di tenero e disperato. Qualcosa di lontanissimo da quello che i corpi accasciati di quelle ragazze sul divano evocavano e che a lei sarebbe piaciuto sperimentare con lui, ma che lui non poteva neanche immaginare di sperimentare con lei, la sua donna, la sua madonna. Però era inutile parlarne, ogni volta che lei ci provava lui aveva l'aria di non capire sinceramente dove fosse il problema, quindi molto meglio continuare a giocare: e dopo che ci sposiamo, che cosa succede? facciamo un figlio? Gli aveva soffiato in un orecchio, mentre lui continuava a baciarla con l'incanto della prima notte che, quando lei meno se l'aspettava, Stefano tirava fuori da un angolo cieco dentro di sé. Un figlio no, un figlio mai, era esploso a ridere lui – e quando succedeva gli occhi lunghi gli luccicavano come un'insegna al neon gigante dove c'era scritto solo quello che più avresti voluto leggere. Ti piace troppo giocare a mamma e figlio con me per farlo davvero, un figlio. Di' la verità, Occhi del mio cuore, anima della mia anima. Ti piace troppo. Ma avresti una paura fottuta a diventare sul serio madre. E comunque io, in quanto figlio unico stronzo viziato ed egoriferito, però tutto sommato buono e innamorato pazzo della sua mami, non te lo permetterei mai, non lo voglio un fratellino, non lo voglio e non lo voglio. E avevano finalmente fatto l'amore.

Ripensa a quel momento e l'attraversa un brivido che la lascia senza luce.

Ma le basta mettersi in ascolto del russare leggero di Emanuele per riprendere il controllo di sé.

Si era dimenticata di Ostia, del motorino, della faccia che aveva Stefano, mentre per la prima volta le parlava dell'isola che, dell'isola dove... O forse quella sera di undici anni fa faceva parte dei tanti ricordi che aveva deciso di non potersi permettere. Perché chi lo sa se i ricordi sono nostri o se siamo noi nelle loro mani, aveva sospirato un pomeriggio, all'inizio della loro storia, a Damiano, ancora stordita dal fatto che il dottor Massimini, psichiatra psicoterapeuta e psicologo, avesse un corpo intero che non finisse dove cominciava la scrivania che li aveva separati per mesi, mentre lui si stava rivestendo in fretta, per tornare a casa sua. La questione è controversa, aveva risposto, infilandosi il secondo calzino, perché dagli studi su Henry Molaison, un paziente con gravissimi disturbi alla memoria, sembrava appurato che i ricordi delle nostre esperienze personali siano gestiti fondamentalmente da due aree cerebrali, l'ippocampo per la trasformazione della memoria a breve termine in memoria a lungo termine e la corteccia per quella a lungo termine, ma poi gli scienziati del Rinke... Lei aveva smesso di ascoltare, mentre quando lui era il suo medico, in quella clinica, prendeva appunti sul suo diario per non perdere neanche una sillaba. Ma adesso, fra le lenzuola dei loro letti sfatti, era come se a volte le parole di Damiano fossero troppo esatte e ponderate per raggiungerla.

Mentre fra le parole di Stefano, parole bugiarde, casuali, sconnesse, malate, parole dette così, anche solo per fare rumore, ce n'era sempre almeno una che un giorno – per esempio oggi – si sarebbe schiusa in una rivelazione.

"Ti piace troppo giocare a mamma e figlio con me per farlo davvero, un figlio."

Appunto. Aveva ragione, Stefano.

Anche prima di conoscerlo, il tranello che il suo istinto

aveva escogitato per tenere a bada quello che più la spaventava – e che si poteva riassumere facilmente così: vivere –, era stato uno solo. Giocare a mamma e figlio. Non come una ragazza più grande o un'adulta può fare con dei bambini, però. No no: come i bambini fanno fra di loro. Era così che, per tutti gli anni delle superiori, aveva fatto la baby sitter, era per questo che i bambini di cui si era occupata la adoravano: perché, appena i genitori uscivano, lei diventava come loro, non li faceva divertire, si divertiva pure lei, non li faceva studiare, si metteva lì, la testa accanto a quelle testoline, e le loro difficoltà diventavano le sue, aveva bisogno di ospitare fino in fondo dentro di sé quella fragilità, si immergeva tutta in quella innocenza, per aiutarla a proteggersi dal mondo e da se stessa, e mentre proteggeva si proteggeva – dai soliti pensieri, dalla paura, dal telefono quando squillava... E sempre per proteggersi aveva cominciato a disegnare pupazzi colorati e animaletti improbabili e faceva l'animatrice alle feste di McDonald's. Finché non era arrivato Stefano, il compagno di giochi ideale, il suo bambolotto complicato e perfetto.

Si versa altro vino. Chiude gli occhi. Potrò mai raccontarti tutto, Emanuele? pensa. Potrò mai confidarti che, se a Naxos non fosse successo quello che è successo, magari tu non saresti mai nato, perché Stefano sarebbe rimasto con me, e il punto non è che avrei rinunciato ad avere un figlio: vedi, Emanuele? È che non mi sarebbe nemmeno passato per la testa, tanto ero impegnata a preoccuparmi per lui. E non mi sarei mai fermata su quell'isola, dove poi... No no, scusa amore, amore mio, certe cose una mamma che non gioca a mamma-e-figlio, ma mamma lo è diventata davvero – e sa che cosa significa spingere per tredici ore e pensare muoio e pensare nasce nello stesso identico istante, sa che cosa significa ritrovarsi i capezzoli spappolati e pochissimo latte nelle tette, ma insistere per allattare fino all'ultima goccia che rimane, sa com'è quella risata, la prima, e in quali sotterranei inventati al momento dal cuore si infila –, certe cose proprio non le

può dire. Non dovrebbe neanche pensarle, certe cose, una donna, se non lo fa per gioco, di essere mamma.
E infatti lei le pensa, ma non le pensa più.
Le pensa perché quarantun anni senza figli sono tanti.
Non le pensa più perché sei mesi con un figlio, anche: sono tanti.
Pure se l'ho visto, sai, Emanuele? Negli occhi di chi mi incontrava con il pancione e ora mi incrocia con la carrozzina l'ho visto, lo vedo lo stupore: ma davvero? sembrano chiedermi pure loro. Non giochi più, ora fai sul serio? Evidentemente, quando fai un figlio a quarantun anni, non eri solo tu ormai abituata a una certa idea di te, lo erano anche gli altri, riflette.
Tant'è che una parte di me rimarrà per sempre sensibile alle ragioni di Stefano e di chi i figli non ce li ha, per sempre complice del loro modo di passare il tempo, ammirata dal coraggio di non potersi appellare all'alibi degli alibi per prendere una decisione o non prenderla, per dire basta o invece riprovarci, e dire ancora… Insomma, quando fai un figlio a quarant'anni, hai avuto per circa trecentotrentasei volte di seguito le mestruazioni, hanno fatto al massimo qualche capriccio, ma ci sono state sempre e sempre per ricordarti che era tutto tuo: tuo il mese che se ne andava, tuo il mese che sarebbe arrivato, tua la libertà di scegliere ma anche la possibilità di non farlo, tue solo tue le conseguenze, tue le notti, la rabbia, l'amore, l'amore l'amore.
L'amore.
La possibilità di dire basta, non ne posso più, a Londra stavolta no: non ti raggiungo, se il gioco si fa pesante.
"Incredibile… Sembra che di figli tu ne abbia già avuti almeno quattro," le aveva detto l'ostetrica, quando le aveva finalmente riportato Emanuele in camera, lavato e avvolto nella sua prima tutina, e lei l'aveva preso in braccio e, mentre i suoi genitori e Damiano ripetevano increduli pesa tre

chili e due, è bellissimo, ma quanti capelli, aveva pensato solo: sei tu.
"È incredibile come ti venga naturale qualsiasi cosa, cambiare un pannolino, pulire il cordone ombelicale, fargli il bagnetto... Sei bravissima," le aveva sussurrato Damiano, stringendola a sé, a letto, quando lei ed Emanuele erano tornati a casa.
"Incredibile: neanche quando piange e sembra stia per soffocare ti agiti, proprio tu che, appena squillava un telefono..." Sua madre.
"E non ti fa paura dormire da sola con lui, ora che Damiano non vive più con voi. Incredibile." Suo padre.
Incredibile: è la parola che le è stata ripetuta più volte in questi sei mesi. Come a dire proprio tu, che ti sei sempre baloccata con i tuoi pupazzi, proprio tu, così presa dai tuoi umorometri a forma di carota, così sinceramente disturbata, proprio tu, per altro dopo quello che è successo a Londra: e chi se l'aspettava?
Per esempio Stefano, vorrebbe rispondere lei, a tutti. Stefano se l'aspettava. Credeva che avrei avuto una paura fottuta, e infatti ce l'ho. Ma che essere madre era – nel fondo nascosto di quel cilindro magico da dove guizzavano conigli colorati e amori sbagliati, e ogni desiderio, oplà, si trasformava per magia in un blocco – la mia vocazione, lui lo sapeva. Lo sapeva fin troppo bene.
E poi, vorrebbe urlare, e poi esiste un'altra persona che se lo aspettava. Ancora più di Stefano, forse. O comunque in maniera diversa, perché Stefano voleva essere mio figlio.
Quella persona di mio figlio voleva essere il padre.
Anzi: di mia figlia, voleva essere il padre.
Ma è un'altra storia, questa.
Una storia che fino a sei mesi fa era sicura di avere accuratamente dimenticato, ancora più pericolosa di quella passeggiata a Ostia, una storia che nemmeno a Emanuele potrà mai raccontare. Tantomeno a lui. Voglio solo storie facili per te,

storie dove la trama fila e alla fine vincono i buoni, vinci tu: aveva pensato, mentre scriveva quella lettera fiume, in gravidanza. E forse un po', a quello che raccontava al figlio che ancora non c'era, in quei mesi, ci aveva creduto pure lei.

*Così, grazie al tuo papà, Stefano ha cominciato a migliorare, la pallina all'improvviso era quasi sempre ferma a metà dell'umorometro, finché purtroppo lui si è messo in testa di non avere più bisogno di aiuto, e in breve tutto è andato a rotoli fra noi... Ma quello che conta è che nel frattempo tuo padre e io eravamo diventati amici. O meglio: lui era diventato, senza che me ne accorgessi, l'unica persona in grado di darmi conforto. Fiducia nel futuro. Quando è finita la mia storia con Stefano, per qualche mese sono andata da lui come paziente: non lo raccontiamo in giro, ci limitiamo a dire che ci siamo conosciuti tramite il mio ex, ma a te magari farà piacere sapere che la passione fra i tuoi genitori era così autentica da rivelarsi più forte delle regole che avremmo dovuto rispettare. E non parlo solo del fatto che eravamo uno lo psichiatra e l'altra la sua paziente. Ma anche del fatto che tuo padre era sposato con un'altra donna, Elena, che io non ho mai conosciuto ma che tu sicuramente conoscerai perché è ancora molto cara al tuo papà.*

    Avere Stefano aveva significato pure non averlo, pensa lei.
    Ma anche avere Damiano era stato così.
    E avere Emanuele? Chissà come sarà.
    Soprattutto chissà se è possibile trovare un altro verbo per riferirci agli amori nostri assoluti, perché *avere* non basta e nello stesso tempo è troppo. Oltre a fare paura.
    A quel punto, però, rimane solo *essere*, tutti gli altri verbi non esistono, sono troppo deboli, impallidiscono e stramazzano, lungo la strada diretta a chi amiamo.

*Essere* Stefano.
*Essere* Damiano.
Questo sì, l'aveva fatto fino in fondo. In due maniere diverse, tanto da finire per incastrarsi una nell'altra, ma l'aveva fatto...
Ragionare sulle parole la stanca subito, ecco perché ha sempre preferito i disegni.
Le squilla il cellulare, ha dimenticato di silenziarlo. Sul display lampeggia FALLO PER EMANUELE: è Damiano. L'ha memorizzato così qualche giorno fa, dopo l'ennesima lite in cui la calma e la fermezza di lui hanno sfarinato i nervi di lei che alla fine ha trasceso.
Ma di solito, a quest'ora, Damiano non chiama: sarà successo qualcosa a mio padre? A mia madre? Negli ultimi sei mesi è solo l'ansia per quello che potrebbe capitare a lei, senza cui Emanuele sarebbe perso, che le allaga il cervello e il corpo, ma quando loro due sono al sicuro, come in questo momento, c'è ancora spazio per le solite ossessioni.
FALLO PER EMANUELE.
FALLO PER EMANUELE.
"Che succede?"
"Ciao, piccola. Mi puoi almeno salutare?"
"Damiano, che succede."
"Che cosa vuoi che succeda?"
"I miei genitori?"
"Tranquilla. I vivi sono tutti vivi." È una formula fra loro, nata da una delle prime sedute... Magari bastasse evocare la morte di chi amiamo per poterla tenere sotto controllo ed evitare, aveva sospirato lui, sempre con la sua voce calma e ferma, che a lei però allora pareva quella del padre forte che avrebbe sempre voluto avere. Certo, questo lo so, aveva ribattuto: ma, dottore, non le pare che la prova più crudele, anche se a modo suo divertente, perché assurda, del nostro essere umani, sia proprio nel vivere incessante di certi che s'intreccia al morire incessante di altri e al nascere incessante

51

di altri ancora? La conquista è non pensarci, lo so, tanto prima o poi la tragedia arriva davvero, come è arrivata per me due mesi fa, e so che la vita e la morte fanno sempre come gli pare, però... Però?, le aveva chiesto lui. Però: che le devo dire? Se a ogni ora sul mio cellulare comparisse un messaggio dove c'è scritto: tranquilla, i vivi sono tutti vivi, be'... le cose per me sarebbero più facili. Almeno credo... Insomma, ovvio: nessuno di quei messaggi potrebbe proteggerci dal giorno in cui il messaggio non arriva, perché a Londra è successo un incidente, o perché, in generale, i vivi che amiamo non sono più tutti vivi, ma nonostante questo, secondo me, venire rassicurati quando le cose vanno bene sarebbe già un bell'aiuto per l'umanità. È buffa, aveva detto Damiano. Baciami, non aveva detto ma aveva pensato lei.

"E allora perché mi hai chiamato?"
"Volevo sapere come stai."
"A quest'ora?"
"Sono le otto e mezza. Non le tre di notte."
"Comunque è tutto a posto, grazie."
"Emanuele?"
"Si è appena addormentato."
"Nel suo lettino?"
"Certo."
"Brava. Immagino che la tentazione di portarlo nel lettone con te sia fortissima."
"Sarebbe meglio di no, ha detto il pediatra."
"Appunto. Rispettare le regole non è mai stato il tuo forte: per questo dico che sei brava."
"Damiano."
"Sì?"
"Perché mi hai chiamato."
"Perché abbiamo un figlio. E perché sei la mia compagna."
"Abbiamo un figlio, è innegabile. Ma non sono più la tua compagna."

"Piccola, proviamo a non prendere decisioni in questo momento. Siamo tutti e due troppo turbati per essere lucidi."
"Turbati? Dalla nascita di nostro figlio? Io sono, in ordine sparso: innamorata di lui come una scema, stanca morta, innamorata come una scema, confusa, innamorata come una scema, delusa da quello che tu e io potevamo diventare ma non siamo diventati, impegnata a ricordarmi dove ho messo il libretto delle vaccinazioni, perseguitata dalle emorroidi, innamorata come una scema, mortificata da Caterina che in questi sei mesi mi è venuta a trovare solo una volta – e andava pure di fretta –, angosciata perché dovrei ricominciare a lavorare ma non ho mezza idea in testa, innamorata come una scema... Potrei continuare fino a domani, ma insomma, Damiano. Turbata non lo direi mai. Sei tu quello turbato. Solo tu."
"Non capisco perché tu possa definirti confusa e io non possa definirci turbati."

A Damiano invece ragionare sulle parole non solo piace. È l'unico modo che conosce per aiutare chi si è perso a ritrovare la strada di casa. Ci riusciva anche con lei, all'inizio, e proprio per questo, quando aveva lasciato quella clinica, si era scoperta così profondamente legata a lui.

"Cara mamma, un altro nome: stavolta Damiano. È un uomo finalmente solido, la sua intelligenza è il mio conforto e mi sa raggiungere dove io mi perdo. Fidati di me."

Aveva scritto questo sms dopo la prima notte con Damiano, in un alberghetto svizzero, sul lago di Ascona, dove lui era stato invitato per tenere una conferenza. Aveva spento il cellulare per non essere costretta a mentire se qualcuno le avesse chiesto dov'era, e quando l'aveva riacceso aveva trovato nove messaggi di sua madre che le chiedeva se era arrivata, e quando sarebbe precisamente rientrata, perché dopo la morte di Stefano si era appoggiata da lei. Di solito l'ansia di sua madre avrebbe fatto cortocircuito con la sua, e allora si sarebbe agitata, avrebbe pregato Damiano di riportarla a casa subito: da quando mio padre venticinque anni fa l'ha lasciata, lei si spaventa per qualsiasi sciocchezza, non si è mai ripresa, e chi può capirla meglio di me... Invece aveva semplicemente mandato quel messaggio, poi aveva di nuovo spento il telefono ed era tornata ad annidarsi fra le braccia di Damiano. L'uomo finalmente solido che la confortava con la sua intelligenza e sapeva raggiungerla dove lei si perdeva.

Evidentemente l'amore, pensa lei – adesso che quell'alberghetto di Ascona è solo un ologramma –, mentre ci prende, ci tira via da quello che eravamo fino a un attimo prima e inganna tutti i nostri buchi... Non solo ci fa credere che non verremo mai più abbandonati, ci fa anche dimenticare di esserlo stati – dal nostro passato amore, da un amico, un altro amico, da nostro padre, nostra madre, dalla speranza che le cose andassero diversamente da come sono andate.

Poi l'amore passa, diventa altro, e i buchi sono ancora tutti lì.

Gli abbandoni anche.
Quelli ricevuti.
Ma forse soprattutto quelli inflitti.
Nel suo caso quello, inflitto...
L'unico.
Quell'unico, indecifrabile abbandono inflitto.
"...Se non trasformeremo i nostri figli nella scusa per perdere definitivamente il contatto con quello che davvero siamo, anche se è scomodo, soprattutto se è scomodo..."
Comunque.
Comunque: quanto!, quanto si era sentita leggera e pronta per il futuro che li aspettava, mentre il sole spuntava sul lago di Ascona.
Quando era certa che Damiano avrebbe lasciato subito Elena.
E soprattutto lei era certa di volerlo.
"Va bene, Damiano. Io sono confusa e tu sei turbato."
"Ma abbiamo un bambino meraviglioso."

"…"

"E, a modo nostro, ci amiamo. Non puoi buttare tutto all'aria per due messaggi."

"Te l'ho già detto, Damiano… Quei messaggi per me sono stati solo una conferma di quello che ho sempre saputo, ma che incinta avevo fatto finta di dimenticare. E invece non posso dimenticare."

"Non vuoi, non è che non puoi."

"Non voglio e non posso. Per me, lo sai, non c'è una grande differenza. Oggi sono andata a quel gruppo che mi hai consigliato, sai?"

"I Genisoli. Giusto. Com'è andata?"

"Non ci tornerò mai più, è gente che non si confronta, che preferisce parlarsi addosso, e però."

"Però?"

"Però c'era una donna. Lidia. Che ha detto una cosa."

"Che cosa?"

"L'ha espressa in maniera confusa…"

"O forse era turbata."

Sorridono tutti e due, anche se sorridono stanchi, ognuno con il suo telefono vicino alla bocca.

"Ha raccontato che, quando era al quinto mese di gravidanza, i ladri le sono entrati in casa mentre dormiva. E questo le ha fatto capire che dobbiamo essere onesti almeno con noi stessi, quando abbiamo un figlio."

"Mi sfugge il nesso logico…"

"Forse non c'era. Non tutti ne hanno bisogno."

"Sicura?"

"Di che?"

"Sicura di non avere bisogno di nessi logici, soprattutto in un momento come questo?"

"Be'…"

"Be'?"

"Se sapessi di che cosa ho bisogno, non avrei bisogno dell'amore."

"Dunque ne hai ancora bisogno."
"Che?"
"Hai ancora bisogno d'amore."
"Certo."
"Sono felice di sentirtelo dire."
"Ma non so se ho ancora bisogno di te. È questo il punto."
"Sei solo tanto stanca, piccola. Tanto stanca."
"Buonanotte, Damiano."
Chiude il telefono, prende il pc e lo sposta sul comodino in camera sua, accanto al letto.
Poi torna in cameretta, solleva piano Emanuele e se lo porta di là.
Si infila sotto alle coperte stretta a lui, con l'avambraccio fa da cuscino alla testolina, con l'altro braccio prende il pc e lo apre.
Entra nella sua casella di posta, cerca quell'indirizzo, lo trova.
Lidia le ripete nella testa la fine del suo lungo, ingarbugliato, chiarissimo discorso: se noi, adesso che siamo solo all'inizio, non ci diciamo bugie, se facciamo lo sforzo di rimanere saldi e non permettiamo all'Uragano Figlio di portarsi via le nostre contraddizioni, le nostre impotenze, i nostri più veri, oscuri desideri.
Allora finalmente si decide.
Comincia a scrivergli.
Ciao, Di. Quanto tempo.

In asso
Naxos, luglio 2008

> NASSO. S. m. *(Geog.)*
> Nome di un'isola, d'onde è forse venuto il modo di dire *Lasciare in Nasso*; e come oggi anche si dice *Lasciar in asso* (ed *Asso* fu già scritto per quel medesimo che *Nasso* isola; ed io posseggo un'antica carta topografica dove è battezzata così), e vale Lasciar uno ne' pericoli senza ajuto e senza consiglio, preso dalla favola d'Arianna lasciata da Teseo nell'isola di Nasso. (Fanf.) V. LASCIARE, § 87. Ma forse *Lasciare in asso*, vale Lasciar solo, come l'asso è uno.
>
> Tommaseo-Bellini, *Dizionario della lingua italiana*

> Ella dipendeva tutta da te, Teseo, con tutto
> [il cuore,
> con tutto l'animo, perdutamente.
>
> Catullo, *Carme 64*

Fra cinque mesi, tre settimane e sei giorni Stefano morirà, ma lei non può immaginarlo, perché anche se da quando l'ha incontrato, ormai sette anni fa, tutti i giorni aspetta quel giorno, non significa che lo immagini: anzi. Proprio perché non ha il coraggio nemmeno di immaginare la morte di chi ama, forse, ha la necessità di tenerla sempre presente, come per addomesticare un'idea esagerata che altrimenti non riuscirebbe a sostenere. E se l'idea esagerata sia che le persone muoiono o non sia, piuttosto, che le persone nascono e a quel punto devono ingegnarsi per non limitarsi solo a quello, ma per provare – dato che ci sono – a vivere pienamente, non lo capirà mai fino in fondo neanche quando, dieci anni dopo, diventerà madre.

E comunque vicino a Stefano è tutto diverso: l'angoscia per quello che lui fa non fa o potrebbe fare, progressivamente si è mangiata il resto, la paura non è più un filo spinato fra sé e sé, fra i suoi desideri e i suoi fantasmi, com'è sempre stata e come presto tornerà a essere, ma quel filo ora è teso fra sé e lui, fra quello che lei desidera e quello che lui combatte.

Eppure adesso, sull'aereo che li sta portando a Creta, da dove partirà il traghetto per Naxos, a lei pare, per la prima volta dopo tanto tempo, di essere semplicemente quelli che sembrano: un uomo e una donna innamorati in volo per Creta, da dove partirà il traghetto per Naxos.

Adesso, se avesse con sé l'umorometro, la pallina fatalmente rimarrebbe fissa al centro, al centro esatto, perché non sono solo accesi, gli occhi di Stefano, sono anche aggrappati a qualcosa che in lui non aveva visto mai. Una specie di consapevolezza. Sarà la nuova medicina, sarà il dottor Massimini, sarà stato il timore di perderla, dopo quell'ultimo, terrificante exploit con le due tipe in salotto: ma Stefano da ormai quasi un anno non ha più avuto una ricaduta e non ha bisogno di stare benissimo, per illudersi di stare bene.

Ha ripreso ad andare allo studio, anziché fare finta di lavorare da casa.

Si lava.

Mangia.

Se lei parla, la ascolta.

Rilancia, addirittura: questo viaggio, per esempio, l'ha organizzato lui, era da almeno un paio d'anni che non lo faceva, è lui che ha deciso di passare per Creta, non l'abbiamo mai vista, è lui che ha trovato la camera a Naxos, ha studiato la mappa dell'isola, ha preso i biglietti, con la carta di credito di lei, certo, ma che importa?, il libro è andato bene, mi hanno già dato l'anticipo per il seguito, quello che è mio è tuo, l'importante è che tu stia meglio, amore mio, e che non dipenda dal caso o dal tempo lo stato d'animo con cui ti svegli e ti stringi a me, ma dipenda da te, da qualcosa di forte e inattaccabile dentro di te che forte e inattaccabile faccia sentire, così, me. Anziché perennemente in bilico fra la possibilità di una casa e il freddo mondo dove ci spinge, tutti, l'abbandono, e dove lui l'ha spinta e ripresa, ripresa e spinta così tante volte, da averla convinta ormai che in ogni casa si infili, da uno spiffero nascosto bene, il freddo del mondo. E stare insieme non sia che uno dei tanti modi – senz'altro il più perverso – che la solitudine inventa per mascherarsi.

Arrivano a Heraklion verso sera, il traghetto per Naxos sarà la mattina dopo, all'alba. Camminano e subito si perdono, come piace a loro: quello che più li diverte, quando fanno scalo per poche ore in una città che non conoscono, anziché correre in cerca di archi a volta e madonne, è partire dal centro e finire in una periferia a caso, uno di quei posti su cui nessuna guida sprecherebbe mezza riga, e dove però Stefano è convinto che si nasconda il cuore della città, la verità delle persone, il loro segreto. Così si lasciano alle spalle la fortezza, danno solo uno sguardo veloce all'arsenale, attraversano il lungomare di fretta, finché finalmente non sanno più dove sono, girano fra le bancarelle di un mercato chiuso, Stefano ha bisogno del bagno e ne trova uno con la carta da parati a cavallucci marini, in una bocciofila, perfetto per scattare una foto per il progetto di quella mostra sui bagni della nostra vita che aveva abbandonato, ma che ora vuole riprendere, la potrei chiamare *Una vita buttata al cesso*, che ne dici, Occhi? Imboccano uno stradone intasato dal traffico, una schiera di palazzine verde acido affianca lo stradone, dammi la mano, Occhi, camminano in fila, uno davanti all'altra, ci sono troppi clacson, troppo rumore per parlare, ma lui ogni tanto si gira e le sorride. Ore, così. L'aria si fa viola cerimonia come solo in Grecia alle nove e mezza può succedere, arrivano a una fermata di autobus, si mettono dietro a una nonna fasciata di pizzo che tiene per mano una bambina in tutù. Salgono sull'autobus, arriviamo al capolinea e vediamo dove ci porta, ho fame, anch'io, facciamo che dovunque arriviamo mangiamo, il primo ristorante in cui ci imbattiamo sarà il nostro... pure se è una trappola per turisti?, pure. La nonna e la bambina scendono quasi subito, rimangono sull'autobus solo loro. Stefano le avvicina le labbra a un orecchio, non è stupendo?, soffia, non è stupendo desiderare di essere proprio dove siamo e con la persona con cui siamo, non è per momenti come questo che si viene al mondo, Occhi?

L'autobus si ferma di fronte alla Cattedrale di San Mena che brilla, fiera, nella notte, s'infilano nella prima taverna che incontrano, è evidentemente una trappola per turisti, li accoglie una ragazza bardata nel costume tradizionale, con un doppio grembiule ricamato e stretto in vita e un fazzoletto rosso sulla testa che li invita a comprare un sapone all'oliva, una crema per le mani, una maglietta con una caricatura del Minotauro con gli occhi a cuore, un portachiavi a forma di labirinto, Stefano compra la maglietta, mangiano del souvlaki freddo e bevono del raki caldo, ma non gliene frega niente, hanno solo sonno e voglia di essere dove sono, lui con lei, lei con lui.

Il traghetto parte alle cinque del mattino dopo, e così possiamo dire di esserci persi anche a Creta, sorride lei, lo sai che Heraklion è la ottantasettesima città in cui ci siamo persi da quando ci conosciamo?, dice lui, davvero?, e cominciano a contarle insieme: la prima era stata Bologna, si conoscevano da neanche ventiquattr'ore e si erano ritrovati a camminare lungo i portici di via Zamboni e avanti fino a via Marsala, avanti fino al Paladozza, avanti fino a superare Porta delle Lame ed ecco, a quel punto ce l'avevano fatta e si erano persi, poi c'erano state Viterbo, Torino e Bangkok. Prato, Firenze e Berlino. No, prima di Berlino c'era stata Procida! A casa di quella coppia di amici tuoi, l'indiana e il professore di geografia... Che fine avranno fatto? Matera, Palermo, Milano, Barcellona. Madrid, Siviglia. Porto e Lisbona. Cerveteri, Ostia, Fiano Romano, Agnone. Isernia, Napoli. Atene, Lesbos, Milos. Macerata, Recanati, Francavilla – che vomitata mi sono fatta, ti ricordi?, eccerto, ma la colpa era stata solo tua, Occhi: avevi voluto a tutti i costi mangiare quella schifezza fritta piena di mozzarella gialla e cozze marroni –, Loreto, Ancona. Che freddo. Windhoek, Otjiwarongo, Etosha, Sossusvlei. San Nicola, Cosenza, Vibo Valentia. Sutri, Trevignano, Bracciano, Tokyo. Kyoto, Osaka, Nara, Hiroshima, Nagoya, Toba: il mio viaggio preferito. Il mio invece è stato quello in Birmania: Rangoon, Bagan, Ngapali. Catania. Messina, Siracusa, Noto, Ragusa, Pachino. Orvieto, Civita di Bagnoregio. Borca di Cadore, San Vito e Pieve – l'unico Natale che non ci siamo intristiti a festeggiare. No, non è vero, c'è stato pure quello a Pari-

gi. Lione e Metz. Budapest! Timisoara, Hunedoara, Sibiu. Non dimenticare Nizza: Nizza, giusto. Genova, Rapallo. San Felice Circeo, Sabaudia. Terracina. Amalfi, Positano, Sorrento – quell'estate tu pensavi ancora alla dj, però. E basta con 'sta dj, dai: pensa che poi c'è stata quella domenica a Bomarzo, te la ricordi? E come faccio a dimenticarmela. Bomarzo. Dublino e Cork. Bari, Lecce e Lucera. Praga e Ladispoli. Madrid – l'hai già detta. Pescara.
E ora c'è Naxos.
Dove al porto li investe, come una promessa, la luce di una giornata fresca e senza nuvole.

Lo studio è al terzo piano di una casa sulla spiaggia di Pirgaki, una lunghissima striscia di sabbia bianca dove non c'è niente, a parte un minuscolo alimentari che vende melanzane, feta, grissini e poco altro.

La casa e l'alimentari sono di un vecchio con gli occhi di seta nera che parla solo greco, ma capisce tutto il resto, Vasilis, e della moglie, Sotiria, che vive barricata in cucina a girare sughi e a stendere pasta.

Gli altri studi sono affittati da una coppia francese giovanissima, hanno appena finito le superiori e questa è la loro prima vacanza insieme, da una famiglia norvegese con una bambina che rincorre per tutto il giorno il gatto di Vasilis, e da due gemelle inglesi con il corpo soffice, la pelle chiara chiara e la faccia senza età, confusa da qualche lieve ritocco di chirurgia – le labbra immobili di una, gli zigomi dell'altra che fanno sembrare ogni sorriso una smorfia. Verso sera prendono la macchina, vanno in città e tornano la mattina dopo, in tempo per la colazione che Sotiria prepara per tutti, toast imburrati e marmellata di fichi, sul tavolaccio di plastica del patio.

Come avevano immaginato quel giorno di fine settembre a Ostia, appena usciti dal primo appuntamento con il dottor Massimini, lei e Stefano senza nemmeno svegliarsi del tutto si accarezzano, sì, ma non fanno l'amore perché questo nuovo medicinale, dice lui, gli intorpidisce le estremità, fa lo stesso, tesoro, stai tranquillo, gli sussurra lei, mi sto innamorando per la settemillesima volta di te, le dice lui, mentre le fa scivolare un dito, lento, lungo la colonna vertebrale.

Poi raggiungono gli altri per colazione, in un paio di giorni si è creata fra gli ospiti della casa una certa intimità. A tenere banco è quasi sempre una delle gemelle, Cora, quella con le labbra immobili, che ha appena divorziato per la seconda volta e ripete come un mantra una frase di Marina Cvetaeva, ho sempre inondato d'amore gli uomini sbagliati, e dunque, a trentanove anni, perché è questa la vera età delle sorelle, ha detto basta: ogni notte esce con un uomo diverso e la mattina lo racconta agli altri, non tralasciando nessun particolare, da come impugna le posate alle misure. Eddai Cora, ricordati che c'è una bambina, le fa notare la sorella Alyce, più introversa, quando esagera, ma Henna e Aki, i genitori, invitano Cora a proseguire, tanto la piccola non capisce l'inglese, e poi è troppo impegnata a torturare quel povero gatto. I ragazzi francesi si limitano a tenersi per mano e a sorridere, ma a modo loro sono di compagnia. E Stefano, Stefano è la mano trasparente che muove tutto: ha inventato un gioco per cui Cora dà tre indizi sul protagonista della sua ultima notte, modalità d'approccio modello di scarpe e ordinazione al bar, e loro devono indovinare quanti anni ha, di dov'è e se le ha chiesto un altro appuntamento. Quando Alyce sgrida la sorella, lui la mette in mezzo, le chiede quello che tutti vorrebbero chiederle dal primo istante, ma non hanno il coraggio: e tu?, perché a quarant'anni, ad agosto, non hai niente di meglio da fare che reggere il moccolo a tua sorella? Alyce la prima volta lo ha attaccato, gli ha risposto che non ha mai capito come gli italiani possano parlare della loro vita privata con tanta disinvoltura, e che magari sua sorella è per metà italiana, ma lei sicuramente no, non lo è: misteri della gemellarità. Sarebbe questo il famoso senso dell'umorismo inglese?, ha allora ribattuto Stefano, ecco perché non l'ho mai capito. E le ha sorriso. Anche lei ha sorriso, con la sua smorfia. Dal giorno dopo, appena si siedono, lui comincia a farle le stesse domande, diventa un tormentone, e ogni volta Alyce per svicolare s'inventa una nuova risposta: sono qui con mia sorella perché i suoi due ex mariti mi allungano un mensile per tenerla d'occhio, perché ho ucciso il mio fidanzato e sono dovuta scappare da Londra, perché in realtà non siamo sorelle: siamo fidanzate.

Dopo la colazione il gruppo si scioglie, ognuno scivola mollemente verso la sua Naxos e la loro, ogni mattina, è la stessa, lei sul patio lavora al nuovo libro di Pilù, lui, chiuso in camera, si dedica al progetto di una ludoteca: è eccitato e teso per la responsabilità che dopo tanto tempo gli ha affidato il suo capo, ma non lo dà a vedere e riesce a restare concentrato a lungo. Invece ogni pomeriggio è diverso: prendono la macchina e vanno. Alla spiaggia di Mikri Vigla, dove basta attraversare qualche duna per ritrovarsi in una comunità di surfisti: dormono in due grandi tende dentro a una grotta lunga e stretta, escono solo quando il vento gonfia le onde e li invita a volare, altrimenti se ne stanno sdraiati sulla roccia a riparare i loro aquiloni o a bere birra, e lei e Stefano allora si uniscono, aspettano anche loro il vento, così, per godersi lo spettacolo, e intanto si calano nel buio soffice di quella grotta, dove una radio gracida vecchie canzonacce greche d'amore e nessuno sente mai il bisogno di imbastire una conversazione. Ogni tanto il più vecchio, un tizio con una lunga treccia bianca, si alza e va a studiare il mare, torna e fa cenno di no con la testa, un altro si accende una canna e non la passa, il vecchio gli tira un sasso sul piede, e allora quello la passa, sempre senza pronunciare una parola, mentre un altro dice: ieri sera ho conosciuto una, ma nessuno gli chiede dove o come, e l'unica ragazza, una brasiliana minuscola, ma con un seno che le scoppia nel costume, parla al cellulare e giura che naturalmente lei è all'ospedale di Salvador a vegliare sul

fratello, è folle credere che se ne sia andata a fare kite in Grecia con gli amici, como o podes so imaginar?
E vanno, vanno vanno.
Vanno al tempio di Demetra, una lunga camminata in mezzo al niente, proprio quando il sole comincia a rotolare giù e a leccare tutto d'arancione.
Salgono, scendono.
Salgono al castello di Naxos, scendono fino a quel tempio di Apollo mai finito di costruire di cui però sopravvive, maestosa, la porta, a separare l'aria dall'aria, il mare dal mare, la voglia di rimanere dal bisogno di andare.
Sopportano.
Sopportano le infinite, criminali curve che ci vogliono per arrivare a Chalki, dove bevono un bicchiere di kitron ghiacciato sotto a un platano gigante. Si perdono a Filoti, dove mangiano del souvlaki di maiale in una taverna di cui non sapranno mai il nome. Puntano alla cima del monte Zeus, si arrampicano finché Stefano non ce la fa più, la medicina gli affatica le gambe.
"Dai, torniamo indietro," gli suggerisce lei, quando lo vede arrancare pur di starle dietro.
"Fanculo la medicina. Ormai sto bene, è da prima della partenza che non la prendo più, oggi fanno dieci giorni. Ma per uscire dal sangue ci mette un po', me l'ha detto Massimini."
"Ti sei messo d'accordo con lui per interrompere la cura, vero?"
"Certo."
"Giura su di me."
"Occhi, ma scherzi? Giuro su di te."
Si spingono fino ad Apollonas per vedere il kouros: è enorme come un dio e incompleto come un essere umano, dice lei, e lui le infila una mano sotto la maglietta: sento che il corpo sta tornando mio, stanotte non dormirai, ti avverto.
Invece niente, anche quella notte Stefano non ci riesce.

"Fa lo stesso," ripete lei.
"Che cazzo dici?" scatta allora lui. All'improvviso. "Come fa a fare lo stesso se ti scopo o non ti scopo?" "Almeno potresti dire se scopiamo o non scopiamo," ribatte lei. Ma più per fare dell'ironia che altro.
"E che cosa cambierebbe?" Il tono di lui invece non ha proprio niente di ironico.
"…"
"Magari non è colpa neanche della medicina, poi."
"Che vuoi dire? Che quindi sono io che non ti piaccio più?" Comincia ad agitarsi.
"Ma no, no… È il sesso coniugale… È un po' come farsi la pipì a letto, dai. Ammettilo. Ci conosciamo troppo bene tu e io per potere ancora fare certe cose."
Non le abbiamo mai fatte, vorrebbe fargli notare lei. E le viene da urlare. Ma è una notte piena di stelle, dal patio salgono le risate delle gemelle inglesi che rincasano, si è alzato un meltemi leggero, domani abbiamo deciso di arrivare al monte Koronos, pensa, non avrebbe senso litigare, sta andando tutto così bene, così misteriosamente bene, e allora vieni qui, gli dice, e gli fa scivolare le labbra dalla fronte alle ginocchia, poi lungo un braccio, l'altro braccio, la gamba.
Amore mio.
La mattina dopo, a colazione, Stefano è ancora nervoso. Alyce lo fissa con insistenza, perché evidentemente si aspetta le solite battute, ma lui si chiude in un silenzio ostinato che imbarazza e stupisce tutti – tutti tranne lei. Non aspetta neanche i toast e la marmellata, ingoia un caffè e si alza, comincia a camminare lungo la spiaggia veloce, come se qualcuno lo aspettasse per un appuntamento.
"Che cosa succede?" le chiede Henna.
"Niente. Ha dormito male," risponde lei. E poi. "Allora? Anche se non c'è Stefano noi possiamo giocare lo stesso, eh. Forza, Cora: come ci ha provato il tizio che hai conosciuto stanotte? Che scarpe aveva? Che cosa ha ordinato al bar?

Devi darci i tre indizi..." Ma il piglio, che vorrebbe a tutti i costi essere leggero, pesa tre tonnellate, e Cora neanche risponde, osserva con gli altri Stefano che adesso, anche se il meltemi nella notte si è alzato e il mare è nero, è entrato in acqua, si è tolto il costume e lo sventola, ridendo, verso di loro. Urla qualcosa.
"Che cosa?"
Nessuno riesce a capirlo, il vento s'ingoia le parole. Ma la figlia di Henna e Aki corre verso di lui, i genitori dietro, anche Cora lo raggiunge, si butta in acqua senza nemmeno togliersi la maglietta, sono tutti eccitati come se fossero invitati a una festa per l'inizio di qualcosa di grande, ma lei sente, lei sa che non si sta festeggiando proprio niente, niente sta iniziando, anzi, molto probabilmente sta finendo tutto – quella vacanza, una possibilità, l'amore –, e rimane a tavola, immobile, con i ragazzi francesi e Alyce.

Allora: "Come si fa?" chiede di getto alla ragazza francese che, quando qualcuno le rivolge la parola, va sempre in fiamme e abbassa gli occhi. "A volersi bene senza doversi fare tanto male? Eh? Come si fa?"

"...Pardon, mais je n'ai pas compris..." risponde la ragazza. Il ragazzo le prende la mano: "Je n'ai pas compris," ripete.

Ma certo, pensa lei. Certo che non capite. È evidente che non potete capire: è qualcosa che si ha o non si ha. E intende una rovina, dentro. Una porta come quella del tempio di Apollo che non serve a niente, non separa né difende, ma si fa passare tutto attraverso. Il vento degli altri, il loro dolore, i bisogni, la paura, le intenzioni – quando ci sono e quando mancano.

Si alza, torna nel loro studio. Guarda il pc di Stefano lasciato aperto per terra, un suo calzino appallottolato, blu, l'altro chissà dov'è, una maglietta rossa stesa ad asciugare sul terrazzino, un cappello di paglia a tesa larga che hanno comprato in Birmania, quattro anni fa, appeso a una sedia, sulla scrivania la sua carta d'identità, le chiavi di casa e uno zaino di jeans. La allaga dentro, e la strazia, la tenerezza, la solita tenerezza. Ce l'ha da sempre per le mutande, per i fogli A0, per il dentifricio di Stefano, per il fatto che la sera si toglie i vestiti e la mattina se li rimette, formichina fra le formichine dell'esistente, per le lenti bifocali dei suoi occhiali da lettura, per i numeri memorizzati sul telefonino: per quell'infinità di cose che potrebbero essere di tutti, ma siccome sono di qualcuno che amiamo, all'improvviso sembrano come illuminarsi dall'interno. E siccome le persone dobbiamo sforzarci per capirle, mentre le cose no, sono quelle, in questo momento vorrebbe solo abbracciare tutto – il pc il calzino la maglietta le scarpe il cappello la carta d'identità le chiavi lo zaino – e fare finta di non avere visto lo sguardo di Stefano, stamattina, vuoto e spalancato come ce l'aveva la sera che l'ha trovato in salotto con quelle due, come ce l'ha sempre se dentro gli passa un soffio, un ragno, un ricordo, e spegne la luce. Mentre la pallina dell'umorometro precipita in caduta libera.

Si affaccia alla finestra, sono ancora tutti in acqua, Stefano ha preso sulle spalle Cora, Aki ha preso Henna, ballano, sembrano due immense gru, la bambina salta attorno alle due coppie, quando arrivano le onde urla, cade, ride ride ride.

È solo uno sguardo, si dice lei. Non è detto che sia una crisi. Magari gli basta il mare freddo della mattina e torna in sé, torna in noi. Intanto però la tenerezza di un attimo fa sfuma nell'effetto Stefano: la testa le gira. E il cuore si spacca in infiniti pezzi, ognuno con la sua impotenza, impercettibile ma durissima, conficcata dentro.


"Ci siamo divertiti, perché non sei venuta?" Si accende una sigaretta e si siede accanto a lei, sul terrazzino.
"Avevo freddo." Si accende anche lei una sigaretta.

"Hai lavorato?"
"Un po'."
"Che c'è, Occhi?"
Le prende una mano, forse era davvero solo uno sguardo – era solo uno sguardo?
"Come stai, Stefano?"
"Benissimo." Ma ha il tono elettrico della notte scorsa. "Perché?"
"Stamattina ti ho visto strano."
"Quando?"
"Appena sveglio. E stanotte… Be'… Stanotte…"
Lui si alza di scatto: "Vuoi colpevolizzarmi per non essere riuscito a scoparti?".
"Ma che dici?"
"Vai, crocifiggi. Forza: mi hai portato fino a qui e neanche mi scopi. Che uomo di merda sei. È questo che stai pensando, vero?" Le ficca gli occhi negli occhi. E quello sguardo è ancora lì, non è bastato il mare freddo per portarselo via.
"Stefano, ti prego. Non rovinare tutto." Lo bacia sulla fronte, lo stringe a sé. "Proviamo a salire sul Koronos, dai. Il vento ha spinto via le nuvole e magari si vede Ikaria."
"Ci vogliono almeno due ore di macchina per arrivare. E andrebbe a finire come sul monte Zeus, non mi va di farti da rimorchio."
"È una passeggiata molto meno impegnativa. Aki mi ha detto che vale assolutamente la pena arrivare in cima."
"Aki, Aki… Qui mi sa che qualcuno si è preso una cotta, eh?" E anche oggi non c'è nessuna traccia di ironia, mentre la incalza: "Ammettilo, dai".
"Stefano, ti prego. Basta con le scemenze."
"D'altronde è un uomo realizzato, Aki. Ti capisco, sai? Ha il suo bel posto fisso in una ditta di assicurazioni, ha una figlia fantastica di cui è bravissimo a occuparsi, la barbetta sempre a posto, gli occhialini con la montatura rossa, buffa,

perché è uno serio che però sa anche non prendersi sul serio, Aki. Un uomo vero, insomma."
"E infatti sta con una donna vera. Con la montatura degli occhiali rosa e un posto fisso in una scuola elementare. Tutto è bene quel che finisce bene." Si sforza di non raccogliere la provocazione.
Ma lui non molla: "Ah, ecco. Quindi è solo Henna il problema, fra te e Aki?".
"Smettila, Stefano."
"Se non ci fosse Henna, tu la notte zitta zitta usciresti dal letto di un uomo che non ti scopa per infilarti in quello di Aki, dunque..."
"Stefano. Piantala."
"O forse l'hai già fatto?"
"..."
"E come ce l'ha?"
"Cosa?"
"Come ce l'ha, il cazzo, Aki? Con la barbetta? Con gli occhiali buffi?"
Entra nello studio, esce di nuovo, si accende un'altra sigaretta, entra, esce. Entra. Si siede sul letto, la testa fra le mani. Lei gli si avvicina, sa come fare. Gli accarezza le braccia, la schiena. "Adesso prendiamo i pensieri neri e li buttiamo tutti via, lontano. Va bene, amore?" Lui stringe la mascella, fa sì con la testa. "Uno... Due... E tre," dice lei. E con una mano continua ad accarezzarlo, con l'altro scaccia delle mosche che non ci sono. "Dov'è andata la lucina che rideva in cima al filo? Te l'avevo legata sul polso, hai giocato e il filo si è sciolto, ma ora eccola, torna vicino, ridi con lei, mio dolce piccino." Le sale alle labbra una filastrocca che non ricorda dove ha imparato, quand'era bambina. E poi, ancora: "Via, via via pensieri neri. Non servite a niente. Lasciateci in pace".
"Lasciateci in pace," ripete lui, e chiude gli occhi, le appoggia la testa sulle ginocchia. "Sono stanco, Occhi. Sono

tanto stanco. Questo progetto che mi hanno commissionato mi sta massacrando."
Lei ricomincia: dov'è andata la lucina che rideva in cima al filo...
Lui si addormenta. La tiene per mano.

Arrivano alle pendici del monte quando il sole è già calato. In macchina hanno giocato al se fosse – se fosse un colore? sarebbe il rosa pesca, un animale? la gatta, un modo di dire? l'acqua cheta rovina i ponti, ho capito ho capito: è Alyce, se fosse una virtù? sarebbe la moussaka, ma dai: così è troppo facile, è Sotiria – e poi sono rimasti in silenzio, ma un silenzio per niente ostile.

Stefano si è tranquillizzato, la pallina dell'umorometro – che da ieri le si è infilato nella fodera di ogni pensiero – sta di nuovo lentamente rotolando verso il centro.

Hanno trovato una stanza per la notte a Koronos, così potranno cominciare ad arrampicarsi la mattina dopo, presto. Il villaggio è aggrappato ai due lati della valle, sembra di essere arrivati su un'altra isola rispetto alla loro spiaggia: lì tutto corre lungo il mare, dolce, qui tutto sale, brusco. L'albergo è chiuso nel pugno verde della montagna e circondato da una parete di sassi sconnessi che scintillano, bianchi. Dovete un po' arrangiarvi, l'elettricità e l'acqua ci sono solo dalle sette alle nove di mattina e dalle tre alle otto di sera, spiega la proprietaria, e gli consegna una torcia. Aprono la porta e li investe un odore insopportabile di muffa e brodo di pollo, lei fa per girarsi verso di lui e ridere, ma Stefano la spinge sul letto, le sfila via i pantaloncini, la bacia, è subito dentro di lei. Amore, Occhi, eccoci. E lei non fa neanche in tempo ad accorgersi di che cosa sta succedendo, che lui già ansima, beato.

"È stato bellissimo, no?" le chiede subito, con quell'aria da bambino ansioso di sapere se il compito va bene, se la maestra è contenta e la mamma e il papà così saranno fieri di lui che da sempre, mentre la ferisce, la commuove.

"Bellissimo, sì," risponde lei.

Le posa la testa sulla pancia, le stringe la gamba come fosse un peluche con cui addormentarsi.

"Non mi lasciare mai, Occhi," soffia. Dopo pochi istanti comincia a russare, piano.

Lei rimane così, in quel buio al brodo di pollo, a guardare il soffitto illuminato dal luccichio dei sassi che arriva dalla finestra senza tende.

Non hanno cenato. Ha fame da morire.

Il cielo si gonfia di luce, l'alba invade la stanza e la trova ancora sveglia, mentre lui non ha mai smesso di russare. Si alza piano, si riveste, esce.

Ha bisogno di aria. Cammina per le stradine del paese, tutto dorme, perfino i gatti, le fanno compagnia solo l'azzurro mentre se ne va e i soliti pensieri senza fondo e turbinosi che sembrano tanti, ma sono solo uno, che poi non è neanche un pensiero, è un nome, Stefano Stefano Stefano... è un nome amuleto il nome di chi amiamo? O non è piuttosto un nome tagliola – si ritroverà a ragionare con il dottor Massimini, psichiatra psicologo e psicoterapeuta, che poi diventerà il suo amante – perché intrappola e azzoppa la responsabilità di rispondere al nostro, di nome, con la nostra, di storia, invece di traslocare in un'altra persona – Persona Nostra che sei nei cieli – e rimettere a lei i nostri debiti, senza passare per i nostri debitori, inducendoci nella tentazione di amare qualcuno fino a dimenticarci di noi, perché lui, perché lei, così, ci liberi dal male? Quantomeno dal nostro. Perché il suo male – quello di lui, quello di lei – comunque pesa meno, soprattutto nel momento in cui ci convinciamo che no, pesano uguali.

Giusta osservazione, si limiterà a ribattere lui, per farla andare avanti.

È per questo che mi ero innamorata di un uomo impossibile, dunque? Proseguirà lei. Mi ero innamorata di un uomo impossibile per affidare a lui la responsabilità di ammalarmi la vita, anziché accettare che è tutta roba mia, che sono io, solo io, che non so giocare, non so nemmeno da dove si comincia per mirare a quel risultato finale, quel risultato fatale – essere felice?

Ma ancora non si è mai seduta da sola nello studio del Massimini, mancano almeno sei mesi a quel momento e ne mancano dieci al momento in cui lo vedrà nudo per la prima volta, ora ha solo un pugno che le preme sulla bocca dello stomaco e quel nome che le rimbomba nelle tempie, Stefano Stefano, mentre Koronos pigramente si comincia a svegliare, e da un balconcino di gesso esce un bambino ancora in pigiama con una piccola scopa e si mette a spazzare.

"Dove sei stata?" Sono appena le sette quando rientra, ma lo trova in piedi, vestito, già pronto per la giornata. Non le dà il tempo di rispondere: "Sono venuti anche loro?".

"Loro chi?" Stefano Stefano Stefano.

"Henna e Aki."

"Stefano, ma che dici?" lei prova a ridere, ma le riesce male.

"Non fare finta di ridere."

"Va bene."

"Meglio se mi dici la verità, no?"

"O forse è meglio che ti dica una volta per tutte basta, amore. Basta con questa storia di Aki. È un delirio."

"Occhi, non fare la stronza con me. Non ci provare neanche." Esce dalla stanza sbattendo la porta. Lei strappa il lenzuolo dal letto, se lo ficca in gola, vorrebbe poterlo ingoiare tutto perché riempia i buchi, attutisca i colpi, porti bianco e cotone dove ci sono paura, rabbia, fatica.

Suona un campanello, è il segno che la luce e l'acqua per

qualche ora torneranno, ne approfitta e si butta sotto la doccia. L'acqua scende a singhiozzi, è poca, il tubo flessibile è mordicchiato dal tempo, ma lei apre solo la manopola dell'acqua fredda e si porta il soffione attaccato alla faccia, ha bisogno di sentire la possibilità di qualcosa che sfiammi, ha bisogno di non sentire.

Rimane così per chissà quanto, sono quasi le nove quando esce dalla stanza. All'ingresso la ferma la proprietaria.

"Il marito è uscito e ha detto che tu paghi."

La fame che per tutta la notte l'ha tormentata è sparita, ora non riesce neanche a buttare giù il caffè che quella donna le offre. Ieri non l'aveva osservata, ha la pelle bruciata e gli occhi scuri, grandi, il collo lungo, sembra una tartaruga.

"Isola di Naxos isola di amore infelice," dice. Ma lei non ha tempo per interpretare.

"Dov'è andato mio marito?"

"Io non so."

"Che faccia aveva?"

"Noi greci, voi italiani, una faccia, una razza," risponde la tartaruga.

"Volevo dire: com'era? Arrabbiato? Triste?"

"Nella fretta."

Di fretta. Andava di fretta... Mi starà aspettando alla macchina, pensa lei. Respira una, due, tre volte. E lo raggiunge. Ma Stefano non c'è. Nemmeno la macchina c'è. Lo chiama. Una, due, tre volte. Non le risponde. "Dove sei?" gli scrive un messaggio. "Dove sei?" Un altro messaggio. "Stefano." Ancora un altro.

Passa mezz'ora.

Comincia a camminare, arriva alle pendici del Koronos: nessuna traccia della macchina neanche lì.

Torna in albergo.

Passano due ore.

Stefano non c'è, Stefano non torna.

Crolla sulla sedia a dondolo davanti a un tavolino da cucito che dovrebbe essere la reception.
"Uomo cattivo?" le chiede la tartaruga.
"Uomo spaventato," risponde. Ma poi ci pensa un attimo: "E anche cattivo, sì. Tu lo sai come posso tornare a Pirgaki, io, adesso?".

Il figlio della tartaruga ha sedici anni, ma guida spedito la macchina della madre per quelle strade impossibili e in poco più di un'ora la riporta a Pirgaki.
Lei apre il portafoglio per pagare il passaggio, ma si accorge in quel momento che le è rimasta solo la carta di credito, i soldi sono spariti, eppure è certa di averli ritirati ieri mattina, prima di partire per Koronos.
Stefano Stefano Stefano.
Sul patio trova Henna seduta a gambe incrociate, con gli occhi chiusi, che sussurra heriiiiin – è meditazione trascendentale, la fa tre volte al giorno. È costretta a chiamarla a voce alta, Henna apre gli occhi, le chiede di prestarle venti euro, da quant'è che non prende fiato? Che cos'è il fiato.
"Hai visto Stefano?"
Lo sguardo di Henna è ancora vago, fatica a tornare presente, quella calma anziché contagiarla ha su di lei l'effetto opposto, le viene la tentazione di scuoterla per le spalle, di scuotere per le spalle il mondo, tutto, e chiedergli Stefano, hai visto Stefano, dov'è Stefano? Che cos'è il fiato?
"Henna?"
"…"
"Hai visto Stefano? Dov'è?"
Sì, l'ha visto. È tornato più o meno due ore fa.
"Era così strano."
Così strano.
"Così triste… ma… così lucido."
Gli hanno chiesto come mai lei non fosse con lui, ha ri-

sposto che avevano litigato e che lei lo aveva pregato di tornarsene a Pirgaki, perché aveva bisogno di prendersi una pausa, non era più così certa di amarlo ancora.
"Ma non è vero. Henna, non è vero..."
Poi è salito nel loro studio, è sceso con uno zaino di jeans sulle spalle, c'era Cora con lui, hanno preso di nuovo la macchina, hanno detto che andavano a fare un giro in città e che sarebbero tornati per cena, Cora si è voltata per fare un cenno con la mano a lei e ad Aki come a dire state tranquilli, a lui ci penso io.
Ci pensa Cora? Si chiede lei. E che cosa ne sa, Cora, di Stefano? Come può immaginare che in questo momento, anche se sembra così lucido, proprio perché sembra così lucido, gli si è spenta la luce dentro, e non esiste più niente attorno a lui, tutto all'improvviso è finito lì, proprio dove fa buio: nella sua testa, dove gli altri smettono di essere la donna con cui vive e che lo ama e lo protegge da sette anni, un'inglese appena conosciuta, una simpatica famiglia norvegese, e diventano ombre, marionette della paura che però a quel punto lui chiama desiderio, evidenze di una colpa indistinta che tutto precede – la colpa di non percepire fino in fondo nessuno, neanche se stesso? –, diventano sua mamma, suo papà, un maiale che vola. E il peso si fa intollerabile: bisogna distruggere qualcosa, bisogna distruggere qualcuno, dunque lei, per avere in cambio, da quello schianto, almeno la conferma di esistere.
Henna le accarezza una spalla, anche Aki e io a volte litighiamo come pazzi, dice, ma poi torna sempre tutto a posto, fra chi si vuole bene è così e tu e Stefano ve ne volete tanto, vedrai che stasera sarà già tutto risolto.
Lei abbozza un sorriso: "Certo, Henna. Grazie".
Sale nello studio e mentre apre la porta già lo sa che non ci sarà il pc aperto per terra, e infatti non c'è, non ci saranno le scarpe da ginnastica di Stefano, infatti non ci sono, non c'è più nessuna di quelle cose sante che solo fino a ieri le garanti-

vano che non c'era da avere paura, tutto era ancora al suo posto.

Prova di nuovo a chiamarlo, niente, il suo telefono squilla a vuoto, apre i cassetti, l'armadio, avrà lasciato qualcosa, un paio di mutande, un pacchetto di sigarette: no, niente. Non ha lasciato niente nemmeno in bagno, anche lo shampoo si è portato via. Solo nel cestino dell'immondizia rimangono tracce di lui. C'è un rasoio usa e getta con cui ha evidentemente sentito il bisogno di farsi la barba prima di uscire – ma perché, per chi? E un bugiardino. Lo prende, lo legge: è quello dello Zoloft, l'antidepressivo che il dottor Massimini gli aveva vietato con tanta determinazione. "Una persona come lei dovrebbe temere molto di più i momenti in cui si sente eccitato che quelli in cui avverte il peso della cupezza."

Il dottor Massimini.

Scorre rapida i numeri in rubrica, per fortuna aveva memorizzato il numero.

Lo chiama, lui non risponde.

Lo richiama.

E ancora.

Niente.

Allora corre di nuovo giù, nel patio, Cora, mi serve il numero di Cora, subito, vuole chiedere a Henna. Ma trova Alyce, è rannicchiata in un angolo, i piedi nelle mani. Ha solo una maglietta addosso: quella con il Minotauro innamorato. E ha gli occhi gonfi di chi non ce la fa più neanche a piangere, mentre gli zigomi continuano a sorridere da soli.

"Scusa. Scusa, scusa scusa scusa," balbetta.

"Scusa? Perché? Perché scusa, Alyce?"

"Io mi sono innamorata, non l'ho fatto tanto per fare."

"Ma cosa?" È come se una mano le prendesse la gola e stringesse con tutta la forza che ha, si sente soffocare. "Che cos'è che hai fatto?"

In quel momento le squilla il telefono.

DAMIANO MASSIMINI lampeggia sullo schermo.

Fa cenno ad Alyce di non muoversi da lì, risponde: "Dottore? Sono la compagna di Stefano De Angelis".
"Buongiorno, signora. Stefano sa che mi ha contattato?"
"No. Ma è sparito. Dottore, Stefano è sparito."
"Mi spieghi meglio."
E lei ci prova, ma adesso c'è Alyce che piange sul patio, ha quella maglietta addosso, io mi sono innamorata ha detto, e chissà che cosa dice lei nel frattempo al dottor Massimini, mastica parole che non riesce a mettere in ordine, dice gita scenata montagna zaino gelosia di jeans.
"Da quanto tempo lo percepiva di nuovo a rischio?" la interrompe lui.
"Non glielo so dire... Direi da un paio di giorni, ma qui. Qui... Qui... Adesso..."
"Qui? Adesso?"
"Qui adesso c'è una donna, si chiama Alyce, ha una maglietta di Stefano addosso e mi stava dicendo qualcosa d'importante, poi lei mi ha richiamato e io... E Alyce. E Stefano. Non lo so, dottore. Non lo so, non lo so."
"Calma. Cerchi prima di tutto di calmarsi."
"Se mi sapessi calmare da sola non avrei chiamato lei, non crede?"
"..."
"Mi scusi."
"Aspettiamo stasera e quando Stefano tornerà gli dica di chiamarmi subito. Altrimenti mi richiami lei."
"Va bene." Alyce fa per alzarsi, lei le afferra un polso: stai ferma. "A dopo, dottore."
"A dopo."
E finalmente eccoli nei suoi, gli occhi di Alyce.
"Raccontami tutto." È una preghiera, è una minaccia, è assurdo che questa persona, una sconosciuta con cui fanno colazione da due settimane e si sono scambiati qualche piacevole battuta, niente di più, possa raccontare a lei qualcosa su Stefano che ora le sfugge, è assurdo – eppure.

"Scusa, scusa," ripete Alyce.
"Raccontami tutto," ripete lei.
"…la mattina che siete arrivati a Pirgaki. Tu sei andata a sistemare i vestiti nello studio, e Stefano e io siamo rimasti qui, proprio dove ora siamo io e te, a chiacchierare. Te lo ricordi?"
Lei fa no con la testa. Si ricorda che sul traghetto avevano fatto l'elenco delle città dove si erano persi, si ricorda la luce rosa che si erano lasciati alle spalle, a Creta, e quella benedetta che li aveva accolti a Naxos, si ricorda che aveva sistemato velocemente i vestiti di tutti e due nello studio e che poi erano corsi subito a farsi il bagno, insieme, si ricorda che quel pomeriggio lui aveva preso dei sassi, delle conchiglie, un rametto di eucalipto e aveva costruito un piccolo tempio sulla spiaggia – è il tempio della mia dea, la dea Occhi. Forse si ricorda anche di Alyce seduta su quel patio, se si sforza sì: stava fumando, vero?
"Sì, fumavo. E lui infatti si è avvicinato per avere una sigaretta. Mi ha chiesto come mi chiamavo, di dov'ero, quelle cose lì insomma, e mentre gli rispondevo mi ha detto che avevo i denti come quelli delle fate. Perché, come sono i denti delle fate? gli ho chiesto. Sembrano piccoli boccioli di tulipani bianchi, ha detto. E lo ha detto con quella faccia stupenda… la conosci, no?"
La faccia bambina.
"Poi sei arrivata tu, lui mi ha chiesto il numero di telefono e dopo pochi minuti, mentre vi guardavo da qui e tu eri già entrata in acqua, mi ha mandato il primo messaggio."
"Il primo? Il primo di quanti?"
"Di tanti."
"Quanti?"
"Non sapresti…"
"Quanti." All'improvviso è questo, solo questo che le interessa. Un numero preciso.
Alyce si sfila il cellulare dalla tasca, comincia a contare.

Con le labbra fa: uno, due, tre. Ventinove. Quarantaquattro. Centonove. Rotolano minuti. Duecentoventisei. Altri minuti.
"Trecentotrentadue."
"In due settimane."
"Sì."
"E che cosa vi scrivevate, in questi messaggi?" Non vuole aggredire Alyce, o forse sì. Tanto che quella ricomincia a piangere e a ripetere scusami.
"Posso leggerli?" Senza aspettare di ricevere il permesso le strappa il cellulare dalla mano.
Comincia dal primo, "Ciao, Denti", ma già al secondo la vista le si offusca, la mano le trema, così scorre con il pulsante e va avanti, va indietro, ne legge uno, un altro no, spera di trovare quello dove le si annuncia che è tutto uno scherzo, ti sei divertita, Occhi?, sorpresa!, sono qui, dietro di te, girati.
Ma quel messaggio non c'è.
C'è: "Sono qui a letto con Occhi che dorme, mi sento a disagio. Vorrei essere con te. Adesso. E leccare quei dentini che mi fanno impazzire".
C'è: "Ti bacio dal tempio di Demetra, dove fa troppo caldo e ci sono troppe zanzare. Perdona le futilità. Volevo solo una scusa per scriverti".
C'è anche: "Occhi va in città a fare la spesa fra cinque minuti. Sali da me?".
E c'è la risposta di Alyce: "Arrivo".
C'è: "Dammi solo il tempo di parlarne con Occhi, poverina, è in crisi con il suo libro, non me la sento di infierire".
Ci sono almeno tredici "Ti amo".
E mentre le scotta e le si gela fra le mani quel cellulare, Alyce piange, ora è incontenibile, ma Alyce, cazzo, basta, sono io quella che deve piangere, solo io ho il diritto di piangere, tu no, perché io, solo io posso dire di amarlo, io lo conosco, so che quando si toglie le mutande poi le lancia col piede nel cesto della biancheria sporca, e l'ho comprato con

lui quel cesto, sempre io, non tu, un pomeriggio che pioveva, all'Ikea, perché con lui ho arredato la nostra casa con la cucina gialla, conosco il nome di tutti i suoi cugini, lui conosce il nome dei miei, so che è allergico ai peperoni e lui sa che non mi piacciono le uova, tu hai semplicemente scambiato con lui trecentotrentadue messaggi, allora perché, perché piangi?

"Perché ieri notte mia sorella mi ha annunciato che oggi sarebbe tornata a Londra. Con Stefano. Finalmente crede di nuovo nella possibilità di un amore, un amore vero. E anche se sono stati insieme solo una volta, all'alba, sulla spiaggia qui davanti, mentre tutti dormivamo, l'altroieri, sono certi che stia cominciando qualcosa di grande a cui nessuno dei due vuole rinunciare. Non le avevo ancora raccontato di noi, Stefano mi aveva chiesto di non farlo, a quel punto però gliel'ho detto, volevo mostrarle quei messaggi, lei ha risposto che non le interessavano, che ha pregato Stefano di non farle domande sul passato, ma lo stesso vuole fare lei con lui, il passato è stato la mia gabbia per troppi anni, ha detto, ma ora la vita tocca di nuovo a me e voglio solo futuro."

"E io?" riesce solo a chiedere questo: "E io, Alyce. E io?".

"Lui mi ha raccontato che vi siete lasciati un anno fa e che siete venuti in vacanza insieme solo perché rimarrete sempre grandi amici, anche se tu fai ancora fatica ad accettare la realtà."

No no, lei scuote la testa, fa per dare ad Alyce il suo, di cellulare: guarda qui, non è vero che ci eravamo lasciati, leggi, mi chiama amore mio e questo messaggio è dell'altroieri, in questo mi dice che sono l'anima della sua anima, in quest'altro che. Ma invece di darglielo lo spegne. Scivola per terra accanto a lei, le si aggrappa alle ginocchia.

"Alyce, Stefano sta male," dice. "Sta molto male. Non è lui, questo. Non è lui che ti ha scritto quei messaggi, non è lui che oggi se ne è andato con Cora, non è lui che si è inventato tutte quelle bugie."

"Ah, no?" Alyce allarga gli occhi chiari, senza espressione. "E allora chi è stato?"

Si fa accompagnare da Henna e Aki in città, loro si fermano in un bar a prendere un gelato con la bambina, lei arriva al porto.
"Quando è partito l'ultimo traghetto?" chiede.
Per dove? le rispondono tutti.
E lei: "L'ultimo traghetto. Per dove che ne so".
C'era un uomo, un uomo sulla trentina, con gli occhi lunghi, le braccia molto magre, e con lui c'era una donna, più alta, con i capelli biondi, a caschetto, le labbra immobili... Lui è italiano, lei inglese. Li avete visti?
No, no, no.
Non li ha visti nessuno.
Riprova a chiamare Stefano.
Squilla a vuoto.
Chiama Cora: a vuoto, a vuoto.
Saranno davvero partiti? si chiede. O sono qui, da qualche parte, magari così vicino da potermi vedere in questo momento, e intanto decidere che cosa fare?
Stefano, dove sei. Dove sei?
Torna da me.
Vieni subito qui e abbracciami, dov'è andata la lucina che rideva in cima al filo?
Parliamo come sappiamo fare noi.
Sei preoccupato per il progetto della ludoteca? È il primo vero lavoro che affidano interamente a te dopo tanto tempo, lo so, ma insieme ce la faremo, ce la facciamo sempre insieme.
Anche io sono nervosa per questo secondo libro, sai? E forse in questi ultimi giorni ti sei sentito di nuovo trascurato.
Ti sei sentito di nuovo trascurato?

È per questo che hai cercato rifugio prima in Alyce e poi in Cora?
Perché ti sentivi solo?
E quand'è esattamente che hai deciso di cambiare farmaco e ricominciare a prendere quell'antidepressivo?
Non ti eri messo d'accordo con il dottor Massimini, vero?
Il dottor Massimini.
Mentre cammina su e giù per il porto, lo richiama.
"Pronto?"
"Sono ancora io, la compagna di Stefano De Angelis."
"Dica."
"Mi scusi per prima, ero in confusione. C'era davanti a me una donna con cui Stefano ha avuto una storia negli ultimi giorni."
"Ma non siete in vacanza insieme?"
"Sì."
"..."
"Ho trovato il bugiardino dello Zoloft, in bagno. Avevate deciso insieme di cambiare cura?"
"Signora, non sono informazioni che posso condividere. Mi può passare Stefano?"
"No che non glielo posso passare, dottore. Stefano non è ancora tornato. Molto probabilmente è appena partito per Londra."
"Londra?"
"Sì, con la gemella della donna che poco fa avevo davanti. Dottore, mi creda. Siamo in un'emergenza."
"..."
"Dottore."
"No, non avevamo concordato insieme di cambiare cura. Dopo che mi ha chiamato sono andato a controllare da quanto tempo non vedo Stefano: avevamo un appuntamento un mese fa, verso la fine di giugno, ma l'ha disdetto. Doveva richiamarmi, non l'ha mai fatto."
"..."

"Signora?"
"Sì."
"Tutto bene?"
"No. Che cosa posso fare, dottore?"
"Appena Stefano la contatterà, provi a dirgli di chiamarmi."
"Grazie."
"Coraggio. A presto."
Chiude la telefonata senza nemmeno salutarlo.
Ho paura, dice a nessuno.
E sceglie un traghetto, un puntino a caso all'orizzonte: decide che Stefano e Cora sono lì.
Capisce che Stefano l'ha fatto davvero, l'ha fatto di nuovo. L'ha abbandonata.
"Quel giorno che mi ha telefonato da Naxos ho messo a fuoco la sensazione che avevo avuto quando l'ho vista per la prima volta, sa?" le dirà il dottor Massimini.
"E cioè?" gli chiederà.
"Che Stefano le aveva infilato le mani dentro, le aveva sostituito ogni certezza con un dubbio, ma a lei conveniva lasciarlo fare."
"In che senso, dottore?"
"Nel senso che altrimenti avrebbe dovuto rassegnarsi ad amare e venire ricambiata. Non credo che fosse ancora pronta per un'esperienza così."
"Così come?"
"Così limitata."
"Limitata? Ma se è l'esperienza per cui tutti scomodiamo il per sempre?"
"Certo, perché l'aspirazione è quella. Ma il presupposto è limitato, per l'appunto, a una sola persona. Che non è tanto quella che abbiamo davanti."
"E chi è?"
"Siamo noi. Noi con la nostra storia, con le nostre complessità, con i nostri punti di luce e i nostri punti d'ombra.

Noi con i nostri limiti, appunto. Limiti che un uomo inafferrabile com'era Stefano le permetteva continuamente di superare. Limiti che anche subito dopo, quando Stefano l'ha lasciata, lei ha provato a forzare, rifugiandosi in quel delirio."

Il dottor Massimini si riferirà così alla sua storia con Di.

# Costanza
## Ancora a Naxos, ottobre-dicembre 2008

> Alla fanciulla abbandonata venne in aiuto Dioniso che, per consolarla, la cinse con una corona e la mandò in cielo.
>
> Ovidio, *Le metamorfosi*

Sono passati tre mesi da quando Stefano l'ha piantata in asso. Non ha mai ricevuto una telefonata da lui, un messaggio, una cartolina da Londra. Crede sia lì perché Cora, una settimana dopo la loro scomparsa, ha mandato una lunga mail alla sorella dove si scusava con lei "e con la ex compagna di Stefano" per il suo comportamento, poi ancora una volta citava Marina Cvetaeva, "io sono una creatura scorticata a nudo, e tutti voi portate una corazza", scriveva, "ma Stefano è esattamente come me e non potevamo andarcene in un altro modo, la nostra natura non ce l'ha permesso, così come adesso, a Londra, non permette nessuna prudenza a quello che ci è capitato". E dunque, proseguiva la mail, Stefano si era sistemato da lei, lei lo avrebbe presentato a un suo amico architetto per trovargli subito un lavoro, ed era certa che quando Alyce fosse tornata a Londra le sarebbe bastato vederli per rendersi conto che le cose non potevano che andare com'erano andate, "perché lui e io ci stavamo cercando e in questo sterminato mondo alla fine ce l'abbiamo fatta e ci siamo trovati".

Mentre Alyce leggeva, era evidente che saltava qualche passaggio, forse sulla pienezza di quei primi giorni di convivenza: e lei gliene era stata grata. Avevano passato la settimana dopo la partenza di Cora e Stefano sempre insieme, in silenzio.

Henna e Aki si erano presi cura di quella coppia improvvisata di donne tradite – una dal suo grande amore, l'altra dalla promessa di un grande amore, tutte e due da quell'isola – e perfino i ragazzi francesi avevano sciolto la loro riservatezza e si erano scoperti attenti, premurosi. Non si limitavano più a fare colazione tutti insieme, avevano preso l'abitudine anche di cenare sul patio, e la conversazione quasi sempre girava attorno ai piatti preparati da Sotiria, ci si teneva lontano da qualsiasi argomento avesse a che fare anche solo vagamente con un'emozione personale, e andava bene così.

Tanto lei riusciva ad ascoltare poco, le arrivavano solo lampi di parole, faticava a capire come mai le ore continuassero la loro marcia idiota senza imprevisti e dopo le tre venissero le quattro, poi le cinque, come si permetteva il tempo di seguitare a fare il suo dovere, come si permettevano i pioppi, il mare, di rimanere imperturbabili a fare i pioppi e a fare il mare, mentre la sua vita era stata spezzata, portata via da un traghetto destinazione Atene, destinazione Londra, destinazione mai più? La spiaggia dove camminava ossessivamente su e giù con Alyce sembrava di colla, ogni passo la stupiva: di chi sono questi piedi? Erano suoi, ma faceva fatica a riconoscerli, e così anche la pelle, i capelli: tutto non era più suo, ma di una statua nel cui interno buio e vuoto era stata intrappolata.

"Vedi: Stefano è così…" capitava che bucasse il silenzio per sussurrare ad Alyce: "Ognuno di noi gestisce i suoi mostri per proteggere chi ama: ma lui no. Fa il contrario. Gestisce chi ama per proteggere i suoi mostri".

Oppure: "È stata tutta colpa di quel maledetto antidepressivo".

O anche: "Non ha difese contro la realtà. E allora aggredisce".

Ma non diceva mai: "Che stronzo".

Neanche: "È un egoismo insopportabile, il suo".

Diceva solo, e questo lo ripeteva in continuazione: "Sta male. Poverino. Sta davvero tanto male".

Come se potessimo permetterci il lusso di considerare vittime anche le persone che fanno del male proprio a noi, avrebbe chiosato, di lì a tre mesi, il dottor Massimini: mentre quel lusso no, non ce lo possiamo permettere.

Però lo diceva Alyce, lo dicevano Aki e Henna: che stronzo. È un egoismo insopportabile, il suo. Meriti molto ma molto di più, aggiungevano. E una parte di lei, mentre li ascoltava, si sentiva accarezzata. L'altra no. Si sentiva ancora più sola.

All'inizio di agosto, poi, in pochi giorni erano partiti tutti. Prima i ragazzi francesi, poi Alyce, alla fine anche Henna e Aki. Il suo biglietto per Roma sarebbe stato il dieci: ma la sera prima della partenza aveva pensato alla casa con la cucina gialla che la aspettava.

Quella, casa: dove erano entrati insieme e insieme avevano vissuto. Quella, cucina gialla.

Aveva pensato alle cose, ancora una volta, alle sue amiche fidate che era certa non l'avrebbero tradita mai: e aveva pensato che invece no, adesso l'avevano tradita pure loro, perché a casa avrebbe trovato le mutande di Stefano, i maglioni di Stefano, i suoi cd, i fogli A0, gli accendini sparsi ovunque. E le avrebbero promesso che Stefano c'era ancora, mentre Stefano non c'era più.

Così aveva chiesto a Sotiria e a Vasilis di potersi trattenere un altro po' da loro, si era offerta di aiutarli con le pulizie e all'alimentari, avrebbe dovuto riprendere in mano il libro di Pilù che aveva abbandonato il giorno stesso in cui era stata abbandonata lei, le rimanevano ancora un paio di mesi prima della consegna e sicuramente a Roma non avrebbe concluso niente, sotto lo sguardo beffardo di tutte quelle cose traditrici. Sotto lo sguardo di tutte le persone che mai, nemmeno per un giorno, avevano creduto che la sua storia con Stefano potesse avere un futuro: i suoi genitori, il coro delle amiche, i colleghi della redazione. Nessuno, dal primo spudorato tradimento, ormai sei anni prima, era più stato complice del suo amore per lui, nessuno l'aveva mai sostenuta, al massimo Caterina la prendeva in giro, eccola qui: è arrivata *Mission Impossible 10: stavolta è davvero cambiato*, le diceva. E lei rideva, avete senz'altro ragione, pensava, ma non ci capite niente, è tutto più complesso di come sembra, eppure è anche più semplice: perché, semplicemente, io ormai sono abituata ad amare Stefano come sono abituata ad avere la fronte, l'ombelico, e a ritrovarmeli sempre al loro posto. Semplicemente, quando lui è con me e vuole me e parla con me e ascolta me e dorme con me, io mi sento al sicuro. Anche se devo difenderlo, proprio perché devo difenderlo, forse. Fatto sta che difenderlo mi difende. Infatti quando non c'è mi sento persa. Ma ora che non c'era, e che non sarebbe tornato più, non aveva voglia di avere a che fare con chi non sarebbe stato né stupito né minimamente dispiaciuto da quello strappo finale, e le avrebbe anzi ripetuto la solita Filastrocca del Buon Senso, qualcosa che a lei suonava come

questa che oggi ti appare
una sofferenza immensa
è in realtà la tua ricompensa:
ora sì che potrai davvero amare

e che le cantilenavano in coro tutti ogni volta che Stefano se ne andava. Cerca soprattutto di approfittarne e di rifarti una vita prima che torni di nuovo, aggiungevano.

Perché lui ogni volta tornava.

Ma stavolta no, lei lo sentiva, lo sapeva: stavolta non sarebbe tornato.

Allora non sarebbe tornata neanche lei, almeno per il momento.

Tanto più che Sotiria e Vasilis erano stati felici della sua proposta, i loro quattro figli erano lontani, vivevano ad Atene, così si erano affezionati a quella strana ragazza che prima sorrideva sempre e poi, sparito quel tipo ai loro occhi detestabile, non sorrideva più. Fatto sta che lei aveva telefonato al responsabile della redazione e si era messa in aspettativa. Tanto prima o poi avrei dovuto farlo, pensava, Stefano me lo diceva sempre, negli ultimi mesi – sarà per questo che mi ha lasciata, perché l'ho deluso? Mi diceva: smettila di fartela sotto, Occhi, abbi il coraggio di investire su quello che ami davvero, punta tutto sui tuoi conigli disturbati e sulle altre meravigliose cazzate che potrai inventare, una volta che sarai libera di dedicarti solo a quello, e se andrà male ce ne torneremo nella stanza che puzza di varechina, chi se ne frega – tanto ci sarò io con te.

D'altronde la "Gazzetta dei Bambini" le aveva chiesto di passare da una striscia a una pagina intera e le aveva aumentato il compenso. E l'editore non aspettava solo il seguito di Pilù, era pronto ad accogliere anche nuove idee. Tutti lavori per cui non era necessario che tornasse a Roma. Anzi. Avrebbe lavorato molto meglio lì, dove quella spiaggia e quella luce avevano visto tutto, ma proprio per questo a tutto potevano convincerla a non dare un senso, e, anziché interpretare interpretare interpretare, accogliere quello che era successo. Senza di mezzo il rumore che la gente fa mentre smania per difendersi dal mistero dell'amore che satura, del dolore che taglia.

Rumore che presto avrebbe ricominciato a fare anche lei, quando sarebbero diventati insostenibili, l'amore e il dolore.

Ma intanto, sulla spiaggia di Pirgaki, nasceva *Naso torna sempre*.

Finiva settembre, e lei fissava l'unica stella che si era fatta largo in quella notte fresca e pura, dal terrazzino del suo studio.

Vorrei essere te, aveva confessato a quella stella.

Vorrei che anche per me fosse un diritto rimanere ferma, fissa nel mio buio.

Vorrei che mi trovassero così anche fra cento, duemila anni: appesa a quello che oggi mi fa male, tutt'uno con

quest'abbandono, perché lo so che dovrei andare avanti, lo so che
questa che oggi mi appare
una sofferenza immensa
è in realtà la mia ricompensa:
ora sì che potrò davvero amare,
ma almeno quello che sto provando adesso, questa massa informe di nostalgia e smarrimento e incredulità e domande che mi ritrovo al posto del fiato mi permette di sentire ancora Stefano qui, accanto a me. Al punto che se allungo un piede, certe notti, ho l'impressione di toccare il suo e mi sale in bocca l'odore della sua bocca, troppe sigarette, birra e dentifricio alla mela.

Era stata la stella, a quel punto, a rivelarle il segreto di cui, non lo sapeva, ma aveva bisogno? Forse. Lei, più in là, l'avrebbe ricordata così quella notte.

"Perché la felicità degli ultimi mesi con Stefano ti sembrava sospetta, e sotto sotto non ci hai mai creduto neanche tu, mentre a quest'ennesima punizione con cui la vostra storia ti umilia, ti viene così naturale lasciarti andare che vorresti scioglierti in lei e galleggiare per sempre nel cielo così – punita, tradita, piantata in asso?" le aveva chiesto la stella. "Che cosa c'è nell'abbandono che tanto ti riguarda? Nelle morti degli altri che aspetti anche e soprattutto quando non ci sono rischi e la vita indisturbata fa il suo corso, che cosa c'è? Che cosa c'è nella folle ferocia di Stefano che ti protegge proprio mentre ti annulla?"

Le stesse domande, più o meno, gliele avrebbe presto e ciclicamente fatte il dottor Massimini, e a lui avrebbe risposto: c'è mio padre, c'è mia madre, c'è quella volta che avevo tre anni e che lui, che lei, quell'altra volta che ne avevo sette e che lei, che lui.

Ma a una stella non si può rispondere così.

Se una stella si sforza di usare il nostro linguaggio, per

parlare con noi, noi dobbiamo sforzarci di usare il suo, per risponderle.

E allora lei aveva immaginato il peluche di un elefantino. Un elefantino a pois colorati, con una proboscide gialla come la loro cucina e gli occhi lunghi come quelli di Stefano. "Che bello, che bello!" esclama una bambina piena di riccioli e con gli occhi verde alieno. "Papà, mi hai fatto davvero un regalo speciale! Lo chiamerò Naso." E abbraccia quell'improbabile pupazzo che, fra tutti, diventa subito il suo preferito. Se non che, quel pomeriggio stesso, mentre sta presentando il nuovo amico alle lumache e ai gatti del cortile, entra per pochi minuti a casa per fare pipì, e quando torna in cortile Naso non c'è più. Dov'è, dov'è? Dov'è. La bambina con gli occhi verde alieno si dispera. Le lumache e i gatti non sanno proprio come aiutarla: c'è chi giura di averlo visto trotterellare dietro di lei, chi è sicuro che si sia arrampicato sull'edera, chi le consiglia di andare a vedere in cucina, perché si sa che i peluche di elefantino vanno pazzi per le merendine al cioccolato. Ma Naso non si sta arrampicando sull'edera, non è in cucina, non è da nessuna parte. E alla bambina sale una misteriosa febbre a quaranta, non vuole più mangiare né dormire, rimane a letto e riesce solo a pensare a Naso. Finché il papà non ha un'idea: zitto zitto prende la macchina, va al negozio di giocattoli e compra un altro peluche uguale a Naso. La bambina con gli occhi verde alieno, appena lo vede, salta subito fuori dal letto e mangia quattro merendine al cioccolato una dopo l'altra, dividendole con il suo elefantino. Poi lo porta al parco giochi, per presentarlo alle amichette. Ma appena si gira per cogliere una margherita da regalargli... Naso non c'è più! Dov'è, dov'è? Anche stavolta nessuno può dirlo e la bambina cade di nuovo malata con la febbre a quaranta. A quel punto, il papà torna al negozio di giocattoli, ma stavolta compra tutti i peluche di elefantino con la proboscide gialla che sono a disposizione, e ne ordina al magazziniere altri milletrecentosette. Dal giorno dopo, così, la bambina ha di nuovo il suo amico e di nuovo dopo poco il suo amico sparisce improvvisamente, lei si infila a letto, le sale la febbre a quaranta, ma un altro Naso è già pronto per stupirla la mattina dopo e dimostrarle che bisogna metterlo in conto: Naso è fatto così, ogni tanto se ne va. Ma poi torna sempre.

"In questa storia apparentemente semplicissima, si indaga in realtà qualcosa di molto profondo e doloroso: la paura di perdere chi amiamo, il rischio che quella paura si trasformi in una pericolosa profezia che si autoavvera, la reciproca dipendenza fra chi è terrorizzato dall'abbandono e chi è incline all'ambiguità, alla fuga. C'è il cuore stesso di un meccanismo sado-masochista nella necessità, per persone come la bambina con gli occhi verde alieno, di legarsi proprio a creature come l'elefantino Naso, destinate a deludere e a concedere lampi di accecante felicità, ma al costo perverso di una febbre a quaranta," avrebbe scritto un importante studioso dell'infanzia nella prefazione di *Naso torna sempre* che da lì a due anni sarebbe stato pubblicato e da lì a sei anni sarebbe diventato un cartone animato che lei avrebbe disegnato, sceneggiato e diretto.

Ma tutto, inizialmente, non era stato che la risposta alla stella in cui avrebbe voluto trasformarsi quella notte.

Dal giorno dopo si era messa a lavorare, appena sveglia si dedicava al secondo libro di Pilù, poi aiutava Sotiria in cucina, accompagnava Vasilis in città per fare la spesa o andare alla posta, e di sera metteva a punto i nuovi bozzetti dell'elefantino Naso e della bambina con gli occhi verde alieno, talmente paralizzata all'idea di venire abbandonata da scegliere un amico capace di fare solo quello: abbandonarla. Un amico che quindi non avrebbe mai potuto darle la possibilità di credere davvero in lui: perché se avesse scelto un amico fidato, uno che non scappava mai, allora sì che l'abbandono avrebbe potuto essere davvero tremendo. Mentre così, alla fine, pareva un gioco. Un gioco che le faceva salire la febbre, certo, un gioco crudele, perverso, come avrebbe sostenuto lo studioso dell'infanzia. Ma un gioco.

E intanto settembre è diventato ottobre, le giornate si sono fatte più corte, il meltemi a volte rende impossibile uscire, perché ti spinge dove gli pare, ma è stupefacente vedere come quel mare fino a poche settimane fa così placido sia in realtà capace di incazzarsi sul serio. E regalare finalmente a qualcuno quello che aspettava da mesi: quando le capita, si inerpica fino alle dune di Mikri Vigla e si accuccia in un angolo della spiaggia a guardare gli aquiloni dei surfisti cavalcare quelle incredibili pareti di acqua che si alzano, franano, capovolgono.

Sembrano suggerirle che la violenza e l'imprevisto non ostacolano il corso del mondo, anzi, lo assecondano. E che se la bambina con gli occhi verde alieno avesse meno paura, magari scoprirebbe che è proprio quella paura il suo nemico, non è l'imprevedibilità di Naso.

Non si è più spinta fino alla grotta del kitesurf – così come rimane lontana dai templi e dalle spiagge dove era stata con Stefano in quelli che le sembravano i loro giorni perfetti e invece si sarebbero rivelati gli ultimi –, ma le piace osservarli da lontano, del gruppo che c'era a luglio è rimasto solo il vecchio con la treccia bianca, si è aggiunto un ragazzino gracile, con un ciuffo blu, piuttosto impedito con la tavola, una donna che gli somiglia, e probabilmente è la madre, mentre gli altri cambiano quasi sempre.

Oggi c'è un indiano che ha già visto qualche volta all'alimentari di Vasilis, e un tipo alto, con la barba bionda e le spalle larghe.

Vedi, Occhi? Le avrebbe detto Stefano, osservando l'indiano. Quello lì, con l'aquilone giallo e blu, vuole sfidare il mare, è chiaro da come va incontro alle onde, sembra costringerle a inginocchiarsi davanti a sé. L'altro invece, il biondo con l'aquilone arancione, sfida se stesso: non c'è tigna nei suoi movimenti, c'è solo grazia, è come se cercasse di entrare in un'armonia profonda con il vento, guarda. Sembrano le due parti di me.

Può non pronunciare più il suo nome, può evitare i posti che hanno scoperto insieme: ma ancora non riesce a soffocare quella voce che quando meno se l'aspetta le torna a parlare, a spiegare il mondo così come appare a lui, da un punto di vista a cui lei ancora non riesce a rinunciare e che riporta tutto a sé, come fanno i bambini. O i pazzi o gli indifferenti. E Stefano è tutte e tre le cose.

Eppure a lui, a lui sì: per la prima volta, dopo sette anni, a lui sta rinunciando. Anche i milletrecentosette peluche di Naso che il padre ha comprato per la bambina prima o poi finiranno, si dice. E non sa che cosa succederà, in quella vignetta finale, ma comincia a fare pace con l'idea che la scorta di Stefani che la vita le ha messo a disposizione prima o poi possa finire.

È finita.

Come farà lui a sopravvivere alla nostalgia dei nostri soprannomi, delle abitudini, tu fai la spesa e io cucino io mi faccio una doccia e tu intanto cerca di capire come si va su Sky con il nuovo telecomando, di tutto quello che mi confidava e che avrebbe potuto continuare a confidarmi? Se lo chiede. E si chiede anche: dove l'avrà messo? Tutto quel bisogno di me, dove avrà messo il mio odore, la mia insonnia, dove l'avrà messa, lui, la mia voce? Se lo chiede sempre, se lo chiede adesso.

Anche se adesso è una voce diversa che le sta parlando.

E le sta dicendo: "Ciao".

"Ciao," forse risponde lei, ma è ancora troppo presa dalle voci di dentro per realizzare che il surfista con la barba bionda è uscito dall'acqua e le si è seduto accanto.

"Ti piace il kite?"

"Mi piace guardare, sì." È a disagio. Da troppo tempo ormai su quell'isola è sola, scambia qualche parola con Sotiria nel suo inglese mescolato a un greco improvvisato sui pomodori dell'orto e sull'acidità del latte, con Vasilis commenta il vento e i prezzi del mercato, può capitarle di intrattenersi con la vicina che tutte le mattine passa dall'alimentari per prendere due mele, ma le uniche vere conversazioni ce le ha con Stefano, nella sua testa, e con la stella.

"Scusa se non ti ho offerto un bello spettacolo, allora." E le sorride con gli occhi, uno leggermente più alto e uno più basso, grandi e nocciola.
"Perché? A me sembrate divini."
"Emme sì, col kite fa magie. Io insomma."
"Emme?"
"Sì, scusa… Fra noi ci chiamiamo così, con l'iniziale. Lui in realtà si chiama Madhu. A proposito, io sono Di."
"Di come…?"
Le dice il suo nome per intero, si presenta anche lei.
"Un'italiana, a ottobre, a Naxos…"
"Un italiano, a ottobre, a Naxos…"
Ridono. È la prima volta che le succede, da quando Stefano.
"Io sono qui perché mia madre era di Naxos e mio nonno è morto un anno fa."
"Mi dispiace."
"Aveva centosei anni, credo ne avesse abbastanza. Anche se fino all'ultimo, tipico suo, ha voluto fare casino. E ha deciso di lasciare a me il suo ristorante. Tieni presente che a Torino, dove abito, insegno nuoto ai bambini… Insomma, nei ristoranti ci so solo mangiare. E invece adesso mi ritrovo qui a decidere come trasformare quello di mio nonno per dargli una nuova vita. Negli ultimi tempi era molto peggiorato, mia nonna è morta tre anni fa e lui faceva fatica a portare avanti da solo tutta la baracca."
"Eri il suo unico nipote?"
"No, questo è il bello. Ne aveva altri tre e tutti più in grado di me di occuparsi della cosa, te lo assicuro. Ma a loro ha lasciato la casa. Io sono cresciuto con lui e mia nonna, quand'ero piccolo si erano spostati in Italia per stare con me, e mi ha voluto fare un regalo speciale… Anche se in realtà credo che l'abbia fatto perché era convinto che a Torino io perdessi tempo, invece di lavorare. Che fossi un cazzone, insomma."

"Le persone che ci hanno visti piccoli sono quelle meno indicate per capire chi siamo diventati e..." prova a riflettere lei.

"Ma no, no: aveva ragione," la interrompe lui.

E ridono di nuovo. Lui le fa cenno di aspettare, va nella grotta, torna con due birre. "Approfittiamo che Emme è ancora in acqua, gli ho preso una birra." Le apre una lattina e gliela passa. "Ma se voglio diventare un vero surfista è ora che cominci a scroccare."

"In che senso?"

"Non l'hai notato? Questa specie di sottile opportunismo... Non c'è niente di meschino, figurati. Ma ho capito che come si sfrutta l'onda per prenderla al meglio, così si sfruttano le birre degli altri. Le canne, il prosciutto. A volte le idee. Ieri, per esempio, ho sentito Emme ripetere a una ragazza, con le stesse parole e le stesse pause, un discorso che ci aveva fatto la sera prima Erre, il tizio con la treccia bianca. È il migliore di tutti, lui."

"Perché è da tanto che fa kite?"

"No, lo fa solo da un paio d'anni e dice che il kite per lui è un passatempo, il surf una religione. Ma è il migliore perché è quello che si diverte di più."

"Bella questa."

"Infatti non è mia, ormai mi sono fatto prendere la mano: l'ho scroccata. A Duke Kahanamoku, il dio del surf."

La birra le dà un leggero capogiro, era da tanto anche che non beveva.

"Ora tocca a te. Che cosa ci fai qui?"

"È una storia lunga."

"Te l'ho detto che sono un cazzone: ho tempo."

"Diciamo che sono venuta qui in vacanza, a luglio, ma a un certo punto ho capito che non c'era nessun motivo per tornare a casa."

"E un lavoro? Non ce l'hai? Sei una cazzona anche tu, quindi, strano, avevi l'aria della persona seria."

"Davvero?"
"No."
Le viene da ridere ancora. Ma mentre lui lo fa, ride, lei stavolta no. Lei prende a piangere. Così, come vorrebbe fare tutte le notti, quando spegne la luce e potrebbe finalmente addormentarsi, ma non riesce: né a piangere né ad addormentarsi. Le rotola giù una lacrima, un'altra, si infila gli occhiali da sole, per fortuna si ferma subito. Sarà la birra, sarà il sole, sarà il modo di fare che ha quest'uomo, così biondo e gentile. Sarà che è stanca.

"Scusami, sono un po' stanca."

Lui fa tintinnare la lattina di birra contro quella di lei, poi sposta il suo sguardo sbilenco verso Emme che continua il suo corpo a corpo con le onde. Comincia a cantare, piano, una canzone dolce che lei non conosce. I bring you a tale of the broken seas, dice. And I'm drowning in whisky and beer. My doctor reports if I don't stop soon, I'll drown in an ocean of tears...

È una ballata americana, le racconterà quella sera, mentre apparecchia solo per loro un tavolo nel ristorante chiuso di suo nonno. Parla di lacrime, birra, un mare che si rompe e un amore che nasce.

L'appuntamento è per il giorno dopo, alla grotta. Lei voleva obiettare che no, forse alla grotta era meglio di no, ma Di non le ha dato il tempo. L'ha accompagnata a casa, dopo cena, le ha dato un bacio veloce sulla fronte e le ha detto a domani, alla grotta, grazie. Grazie? Ha chiesto lei. Sì, grazie: è un'abitudine che mi ha insegnato il vecchio Erre. Ogni volta che andiamo a surfare insieme, prima di ripiegare gli aquiloni, salutarci e tornarcene chi nella grotta chi a casa sua, ci ringraziamo. Grazie di tutto, grazie di niente, grazie per avere passato del tempo insieme: bello, no? E allora grazie. Grazie a te, Di. Aveva risposto lei. E mentre pensava che in quella grotta avrebbe trovato troppi ricordi pericolosi ad aspettarla e avrebbe preferito chiedergli di vedersi da un'altra parte, lui era già sparito, forse volando, nella notte.

Quel pomeriggio il mare è una tavola, e nella grotta trova Erre che dorme su una cerata, Emme e Di che lavano le loro tavole.

"Disturbo?" si affaccia.

Di le va incontro: "Sì, ma ormai che ci sei entra".

Le presenta Emme, che allunga distrattamente una mano per tornare alla tavola.

"Oggi il mare ha deciso che dobbiamo bere birra tutto il pomeriggio. Oppure che io e te ci facciamo un giro. Che dici?"

"Beviamo birra tutto il pomeriggio e facciamoci un giro," risponde lei, e quella che sente affiorare dalla pancia, fra le crepe di tutto quello che si è rotto, anche se non la riconosce, è una vaga allegria.

Lui infila nel suo zaino sei lattine, giuro che non le ho rubate, specifica.

Cominciano a camminare lungo la spiaggia. Si parlano con tutto il corpo.

"Quanto ho camminato, su quest'isola..." sospira lei.

"Per andare dove?"

"Lontano, direi."

"Qual è il tuo colore preferito?"

"Che domanda è?"

"Dai. Rispondi."

Lo guarda divertita: "...il giallo. Ma perché?".

"Il mio è l'arancione."

"Interessante..." scherza lei.

"Sono le domande che si fanno fra loro i bambini delle mie classi di nuoto alle prime lezioni, per fare amicizia. Qual è il tuo piatto preferito? Come si chiama il tuo migliore amico? Cose così. E mi sono messo in testa che anche noi dovremmo tornare a farci quelle domande, invece di andare subito su questioni più complicate, almeno quando incontriamo una persona che ci piace. Sennò va a finire che un bel giorno perdiamo di vista quella persona e nemmeno sappiamo dire qual era il suo colore preferito. È un peccato, no?"

"Già…" e ha pensato al verde. Perché non gliel'ha mai chiesto, ma è sicura che il colore preferito di Stefano sia il verde. Poi: "In effetti anche alle presentazioni del mio libro i bambini mi fanno domande che sarebbe bello se mi facessero anche gli altri".

"Tipo?"

"Una volta un bambino mi ha chiesto: ma Pilù è buono o è cattivo?"

Gli ha raccontato di Pilù la sera prima, a cena, mentre lui l'ascoltava rapito e le ha chiesto di disegnare uno schizzo del coniglio bipolare su un tovagliolo, di scrivere la data di quella serata e di firmarlo, poi se l'è infilato nel portafoglio.

"E tu che cosa hai risposto?"

"Che forse era semplicemente fatto così…"

"Ma così come? Così buono o così cattivo? Insomma, quando la pallina dell'umorometro del tuo Pilù schizza giù e poi su, lui si dispiace di rompere le palle agli altri animali della fattoria? O se ne frega?"

"Dipende," riflette lei. "Ma il più delle volte se ne frega, è troppo preso da quello sbalzo per pensare agli altri, poveretto."

"Poveretto? A me non è simpatico, 'sto coniglio. Cioè, va bene: quando diventi tutto rosso e ti riempi di brillantini fai lo splendido, poi diventi blu e strisci come un morto e comunque sia, in un caso o nell'altro, degli altri te ne fotti. Ma quando torni rosso e blu fila subito a chiedere scusa al gallo Blablà e al maiale… Com'è che si chiama il maiale? Lapsus?"

"Edipo. Il maiale si chiama Edipo. Però Lapsus è un bel

nome per un nuovo personaggio. Potrebbe essere un ranocchio... Fra gli amici di Pilù un ranocchio non c'è mai stato."
"Guarda che ci vuole coraggio, sai."
"Per fare cosa?"
"Per definire amici quei disgraziati che sopportano gli umori del tuo coniglio."
La spiaggia è deserta, il sole comincia lentamente a rotolare verso il mare e a prepararsi per il grande tuffo. Si siedono su una piccola barca di legno abbandonata sulla riva, Di apre due lattine, gliene offre una, brindano.
"All'umore rosso e blu," dice lui.
"All'umore rosso e blu..." e gli sorride, ma mentre brinda non può evitare di pensare: che cosa ne puoi sapere tu, tu che hai l'evidente e divina fortuna di credere nel mare, crederci davvero, e parli e ti muovi come se il mondo non potesse che essere tuo complice, dell'umore blu e dell'umore rosso? Se almeno una volta non ti è capitato di perdere il filo, ma il filo di tutto, e di non riconoscere neanche le dita dei piedi come davvero tue, come fai a giudicare Pilù? E Stefano, Stefano. Come potresti giudicare Stefano, tu.
"Stai pensando che sono un coglione."
"Un po'." Ma mentre lo dice, senza pensarci, lascia scivolare una mano nella sua. Lui la stringe. E prende ad accarezzarla. "Mi domandavo solo se tu ne sapessi qualcosa, delle tremende fatiche di quello sbalzo."
"Curioso. Perché io stanotte, dopo averti accompagnata a casa, mi chiedevo se tu ne sapessi qualcosa, delle straordinarie conquiste dell'umore rosso e blu. Insomma, mentre parlavi era ovvio che il tuo Pilù ti interessa molto di più quando la pallina dell'umorometro precipita in alto o in basso e lui diventa tutto rosso o tutto blu."
"Non è così," ribatte di slancio lei.
"Davvero?"
Guarda il sole esplodere, farsi enorme e arancione: "Non lo so, non ci ho mai pensato. Forse hai ragione... Il fatto è

che Pilù, quando la pallina schizza, mi strazia di tenerezza, anche se fa lo stronzo. Quando la pallina si ferma verso il centro, invece, non ha bisogno di me, è fuori pericolo: sta solo qui la differenza".

"Dunque tu credi che siamo delle povere vittime di quella pallina... Non credi che possa anche essere una scelta, l'umore."

"Certo che no, non lo è. L'umore, se vogliamo chiamarlo così, è un destino, è una benedizione o una maledizione. Non è mai una scelta."

"Boh. Magari hai ragione. Ma io ce l'ho troppo con mio padre per affrontare questo discorso restando lucido."

"..."

"Mia madre è morta quando avevo nove anni, e da quel momento mio padre di fatto è morto pure lui, ecco perché i miei nonni si erano trasferiti a Torino. Ha smesso di parlare, grugnisce ogni tanto qualcosa, ma di fatto quando non lavora ascolta tutto il giorno Radio Popolare chiuso in camera sua e vaffanculo a tutti. Quindi, per tornare alla tua domanda, la mia risposta è sì. Di quello sbalzo ne so abbastanza."

Ora è lei che gli accarezza la mano. Lui gliela prende e le bacia l'incavo del polso.

"E il tuo piatto preferito? Qual è?" le chiede.

"La cotoletta alla milanese. Il tuo?"

"Stasera allora te la cucino. Il mio è la lasagna. Che giorno sei nata?"

"Il ventisei aprile del millenovecentosettantasette. Toro. Tu?"

"Il quindici giugno del millenovecentottanta. Gemelli. Cos'è che ti fa proprio schifo?"

"Avere la pancia piena, la frustrazione e le uova. A te?"

"Il vino scadente e la malafede. Che cosa vuoi fare da grande?"

"Mi piace il mio lavoro. Vorrei continuare a farlo per tutta la vita. E tu?"
"Vorrei avere almeno tre figli. Qual è il tuo sogno?"
"Dimenticare. Al momento è questo. Il tuo?"
"Fare l'amore con te. Al momento è questo."

...non può fare a Amor riparo,
se non gente rozze e ingrate.

Lorenzo de' Medici, *Trionfo di Bacco e Arianna*

Quando la vita irrompe, è sempre il contrario di quello che ci assomiglia, pensa lei, seduta accanto a quest'uomo con le spalle larghe, quest'uomo più giovane, nuovo, che canta, dice quello che pensa come se non ci fosse alternativa, e le ha appena servito una cotoletta alla milanese gigante, in quel ristorante che aspetta di diventare qualcos'altro, ma intanto si presta a fargli da tana.
Che cosa c'entro io con tutto questo, che cosa c'entra tutto questo con me, si chiede. E per un attimo le manca la sua stella, vorrebbe essere di nuovo da sola con lei, sul terrazzino, a fare finta di vivere, perché non si sente ancora pronta per ricominciare a vivere davvero, per essere guardata come adesso la sta guardando Di, forse non è mai stata pronta per essere guardata così. Hanno continuato a scambiarsi le domande dei bambini per tutta la sera, ha scoperto che lui tifa il Torino, preferisce i cani ai gatti, l'estate all'inverno, ha un migliore amico dai tempi delle superiori che si chiama Luca Manzi e il film che ha più amato è, naturalmente, *Point Break*; lei gli ha raccontato che tifa la Roma, preferisce come lui i cani ai gatti e l'estate all'inverno, ha una migliore amica dai tempi delle medie che si chiama Caterina Luciani e il film che ha più amato è *Viridiana* di Buñuel.
E ora, ora lui si alza, si alza pure lei, per aiutarlo a spa-

recchiare, ma lui la ferma. La bacia sulle labbra. Mi piaci così tanto, le dice. E la spoglia piano, prima la maglietta, poi i jeans, mentre glieli sfila le bacia le ginocchia, le caviglie, una per una le dita dei piedi. Si toglie il costume, ha solo quello addosso da quando si sono incontrati nella grotta, ormai più di dieci ore fa. La prende per mano e si fa seguire di sopra, il legno delle scale è incerto, ogni movimento è un piccolo rumore, entrano in una camera buia, le finestre sono chiuse, non si vede niente, Di la spinge dolcemente su un letto, lei sente un vago profumo di limone, lui riprende a baciarla, i polsi la fronte il collo, eccolo il mio sogno, le dice, sei tu, ha la pelle ancora incrostata di sale, sa di mare, sa di sabbia, sa di buono – sa di rosso mescolato al blu.

Un istante prima di abbandonarsi a lui, nel buio incrocia gli occhi spalancati e fissi di Stefano, quell'ultima penosa mattina nell'hotel di Koronos. Poi una mano le accarezza una guancia, e tutto quello che fa male. Chiude gli occhi.

"Ciao, Arianna."

"Ciao, Di."

Nella notte il vento si è alzato di nuovo e batte sulla finestra, fino ad aprirla. Entra una luce cruda che abbraccia tutto. Il letto in ferro battuto dove hanno dormito, due casse di frutta capovolte a fare da comodini, uno scrittoio di frassino, un poster di Wojtyla, il pavimento di graniglia grigia. Di che continua a dormire, nudo e allacciato a lei. Sopra al letto troneggia il quadretto della foto in bianco e nero di un matrimonio, davanti alla piccola Chiesa dei Santi Apostoli, a Chalki – uno dei primi posti dove era stata con Stefano: ma è una scossa che l'attraversa solo per un istante. Gli sposi sono giovani, lei ha i capelli rossi, un'acconciatura a panettone, i fianchi rotondi, affonda nelle balze del tulle e sorride, lui la guarda, ha lo stesso mento forte di Di, lo stesso sguardo sbilenco.

"I miei nonni." Si è svegliato e le soffia in un orecchio. "Non avrei mai immaginato di passare una notte come questa in camera loro."

"Be', dalla foto sembra che si piacciano parecchio."

"Che vuoi dire? Che i miei nonni hanno dato molta soddisfazione a questo letto? È un pensiero che gradirei evitarmi." La stringe a sé, ride. "E comunque in effetti mia nonna di mattina cantava sempre." Le fruga con le dita fra le gambe, la luce del giorno dovrebbe consentire a tutto di farsi più reale, ma lei ancora non crede a niente di quello che sta succedendo, non crede a quella graniglia grigia, a come la guarda Wojtyla, e soprattutto non crede al corpo biondo che è appena di nuovo scivolato nel suo, mentre con una mano le accarezza i capelli e con l'altra gira il quadretto dei nonni verso la parete.

Fanno colazione al ristorante, ti avrei preparato un'omelette pazzesca, sono la mia specialità, ma purtroppo tu odi le uova, dice lui.

E lei si ritrova un sorriso cretino in faccia, le fa piacere che se lo ricordi.

Lui deve fare dei giri per il ristorante, lei deve tornare a Pirgaki, oggi è lunedì ed è suo il compito di aprire l'alimentari.

"Allora vado," fa.

Anche se non ci rivedremo mai più, è stato bello: sta formulando qualcosa del genere. Ma non fa in tempo. Perché lui la bacia sulla bocca, sul naso, sugli occhi. Poi le dice: "Ci vediamo alla grotta verso sera". E aggiunge: "Grazie".

Lei rimane così, ebete e impalata, si accorge di essersi messa la maglietta al contrario.

"Grazie," insiste lui.

Allora capisce. Ma certo: "Grazie, Di. Grazie".

E si avvia verso Pirgaki a piedi, rendendosi conto solo

113

quando è a metà strada che sono le dieci e mezza, l'alimentari dovrebbe essere già aperto, la vicina che vuole le due mele la starà aspettando. Che disastro. Finalmente.

"...e poi, se ne è andato a Londra con la gemella inglese."
"Alyce?"
"Ma no, dai! Stai un po' attento. Con Cora, quella più sveglia. Alyce è la poveretta che aveva illuso."
"Mai stato bravo a riconoscere i personaggi delle telenovele, scusa. Mia nonna si incazzava sempre perché dopo avere guardato per dodici anni *Beautiful* con lei ancora non capivo chi era Brooke e chi era Taylor."

Arriva per tutti il momento in cui, di quello che fa solo male, si può anche parlare. E le parole non bastano mai, non possono bastare, ma proprio per questo sono sante, perché in soccorso di quelle che non bastano ne arrivano di impensate, insperate, che magari con la ferita non c'entrano niente – beautiful, nonna. Ed è così che la curano.

Lui ha surfato, lei lo guardava saltare fra le onde e cadere, rialzarsi, volare – un puntino laggiù, arancione. Gli altri hanno continuato fino a quando è calato il sole, lui l'ha raggiunta quasi subito e stavolta ha abbassato lo sguardo prima di baciarla, come se aspettasse il permesso di ricominciare da dove si erano lasciati, mentre lei faceva lo stesso: aspettava il permesso di venire baciata, di ricominciare da dove si erano lasciati, e intanto si fissava i piedi, giocherellava con una conchiglia, perché se a te non va più, se tutto è iniziato ieri notte ed è finito all'alba, se nel frattempo ti sei pentito, sappi che per me fa lo stesso, eh. Figurati se ho di nuovo voglia di fare l'amore con te, se ce l'ho avuta per tutta la mattina, figurati se arrivi tu, all'improvviso, mi tocchi come mi ero dimenticata che si potesse fare, e trovi una maglia nella rete di pena e disincanto che mi si è incagliata dove ho sempre creduto di avere l'anima. Figurati: io sono in convalescenza dalla vita, non se ne parla che mi lasci rimbambire dall'illusione di un po' di calore umano, e se pensi che abbia appena comperato questo vestitino a nido d'ape di lino bianco a una bancarella di Pirgaki solo per te, per avere qualcosa da mettermi che non fossero i soliti jeans, per dimostrarti che non sono solo lo spaventapasseri che hai conosciuto, che posso essere anche una femmina se voglio, ti sbagli, ti sbagli di grosso. Ma allora lui forse ha capito, le ha sfilato la conchiglia dalle dita, scusa se interrompo questo tuo interessantissimo passatempo. Le ha passato una mano fra i riccioli e l'ha baciata.

La grotta era tutta per loro, si sono stesi sulla cerata di Erre, i movimenti ancora timidi, vieni qui, ecco, più vicino, vicino a me.

Sono rimasti zitti, mentre la solita vecchia radio cullava il silenzio con le sue nenie.

Lui ha cominciato a raccontarle la sua giornata, non sa se restituire al ristorante lo spirito di un tempo o se trasformarlo in una pizzeria italiana, nella zona non ce ne sono. Poi è andato da un falegname di Filoti, un amico di suo nonno che può venirgli incontro e fargli credito.

"Ti andrebbe di accompagnarmi? Ho il prossimo appuntamento fra un paio di settimane. Mi piacerebbe sapere che cosa pensi dei tavoli, sono indeciso fra tre modelli. Magari possiamo farne costruire anche uno a forma di coniglio..."

"..."

"Che c'è? Non ti va?"

"Sì che mi va."

"E allora perché fai quella faccia?"

"Quale faccia?"

Ha piegato la bocca in una smorfia: "Questa".

"Perché è da tre mesi che gioco a nascondino con Naxos e cerco di evitare certi posti. Filoti, per esempio."

"Ti va di raccontarmi?"

E lei ci ha provato. Stefano, Zoloft, Londra. Beautiful e nonna.

Poi sono arrivati anche gli altri, Emme l'indiano, il vecchio Erre, la donna che effettivamente è la madre del ragazzino con il ciuffo blu, e, le spiega Di, è una delle tre fidanzate che Erre ha sull'isola: fra loro si conoscono, sono amiche, e hanno tutte un marito da cui tornare la sera. Infatti hanno fretta di andarsene, la donna e il bambino, mentre Emme si stende sulla cerata accanto a loro e si apre una birra.

"Grazie," dice a Erre.

"Grazie," gli risponde Erre. Che poi si rivolge a lei: "E tu saresti il motivo per cui oggi Di ha solo fatto finta di venire in mare con noi".

Lei allunga la mano, lui alza la sua birra: "Benvenuta".

"Grazie. Sai, per me sei una specie di rock star, è da mesi che ti guardo da lontano." È il suo modo per entrare in una qualche intimità con chi la imbarazza, lusingare. Ma Erre non abbocca. Abbozza un sorriso, si mette a trafficare con un fornelletto per cucinarsi un hamburger.

"Hai fame?" le chiede Di.

Lei dice sì, ma non lo sa se ha fame, se ha sonno, se ha bisogno di una doccia, di tutto quello che ci sembra fondamentale quasi sempre, se non quando qualcosa ci meraviglia, qualcuno ci abbandona. E lei adesso è rimbecillita dalla meraviglia mentre ancora l'abbandono di Stefano non l'abbandona. Non credeva che potesse succedere. Che ci fosse spazio, dentro di lei, per l'incontro con Di. Per le sue braccia. Per il modo in cui sembra tutto naturale, fra loro, come sedersi attorno al fornelletto con Erre ed Emme e dividersi in quattro due hamburger, una confezione di pane tostato e un numero indefinito di birre.

Parlano poco anche durante la cena, Erre commenta le onde, prevede che domani il meltemi gli regalerà il mare migliore della stagione. Poi inaspettatamente torna a rivolgersi a lei: "Mi ricordo di te. Ogni tanto quest'estate venivi qui con un ragazzo, vero?".

"Vero," risponde. Ha capito che là dentro non è il caso di aggiungere troppe chiacchiere.

"Era un tipo strano," prosegue Erre. "Mi ha fatto qualche domanda molto precisa, tecnica, come se volesse provare il kite. E invece non l'ho mai visto in acqua."

"Già. Era il mio ex. Uno a cui piacciono più le idee che le esperienze."

"Ci sono persone così," prosegue Erre. "Sono affascinate dall'alone che sta attorno alle esperienze, ma delle esperienze non sanno che farsene e le mandano tutte a puttane. Io purtroppo sono il contrario, ed è comunque una sciagura."

E finalmente le sorride. Poi si rivolge agli altri due: "A proposito. Se ve la sentite, domani lasciamo gli aquiloni qui a prendere un po' di fresco e prendiamo le altre tavole: si può fare shorebreak. Per te sarebbe la prima volta, Di".

"Mi sa che passo," risponde lui. "Sto già facendo shorebreak per conto mio." E la guarda.

"Cazzo, qui la cosa allora si fa seria," ribatte Erre. "Godetevela." Poi si alza, dà un colpetto sulla spalla a lui, uno a lei, è il suo modo per dire buonanotte, prende del tabacco, entra nella sua tenda. Emme è rimasto in silenzio per tutto il tempo, li saluta con un cenno del capo e segue Erre.

Rimangono soli.

"Si dice shorebreak quando le onde sono particolarmente bastarde e si vanno a infrangere verso riva. La risacca sa essere molto violenta se vuole e i principianti possono rimanerci secchi."

I gesti di lei si sciolgono, si stringe a lui.

"Sei la mia risacca," le sussurra in un orecchio.

"No," fa lei. "Secondo me siamo due principianti. E la risacca è quello che ci sta succedendo."

Si stendono di nuovo sulla cerata e rimangono così, uno accanto all'altra. Presto dalla tenda arriva il russare scomposto ed esagerato di Emme e di Erre. Di le accarezza le gambe, sotto al vestitino bianco. "Sei bellissima, oggi," le dice. E fanno l'amore con la stessa urgenza della notte prima e di quella mattina e della mattina che ancora li aspetta, mentre il mistero dei loro corpi si schiude a quella fiducia istintiva che si schiude al mistero che si schiude alla fiducia.

Il falegname di Filoti è convinto che i tavoli debbano avere la linea più semplice possibile, e lei è d'accordo. Di si è invaghito di una serie di sgabelli alti, ognuno di un colore diverso.

"Sono molto particolari," gli fa notare lei, sulla strada del ritorno. "Se prima non decidi che cosa deve diventare, questo ristorante, non puoi già pensare a degli sgabelli da piano-bar."

"Certo, certo, hai ragione... Te l'ho detto che sono un cazzone. Pensa che l'altro giorno ho visto in Internet un tappeto di *Guerre Stellari* e volevo prenderlo..."

"Per il ristorante?"

"Eh."

Lei scoppia a ridere. Poi: "Ci tieni tanto, eh?".

"Mi sa di sì. Ma come sempre, quando in un progetto ci metto troppo entusiasmo, rischio proprio per questo di fare casino. Comunque mi sto orientando per un ritorno al passato... Che dici?"

"Dico che sì."

"Allora potremmo guardare le foto del vecchio ristorante, stasera. In cantina ci sono almeno due scatoloni pieni."

"Mmh."

"E poi dobbiamo cercare un nome. Si chiamava Kostas, come mio nonno, ma io potrei ribattezzarlo Pelagia, come mia nonna, per dare un segnale di cambiamento ma per restare anche fedele a quello che è stato."

"Mmh."

"Sono sicuro che mio nonno ci darebbe la sua benedizione: Pelagia. Suona bene, no?"

"Mmh."
"Che c'è? Perché dici solo Mmh?"
Glielo dice? Glielo dice: "Perché mai nessuno mi aveva chiamato noi. Noi potremmo guardare le foto. Noi dobbiamo cercare un nome...".
Lui si rabbuia: "Mi è venuto spontaneo, scusa".
Lei gli posa la mano sulla sua, mentre guida: "Perché scusa? A me piace da impazzire. Mi eccita, anzi. È che non lo aveva mai fatto nessuno, te lo ripeto".
"Neanche Stefano?"
"Soprattutto Stefano. Se lo diceva, era proprio per dire: andiamo qui, andiamo di là. Ma intendeva sempre io e te. Anzi: io, ancora io, poi io, e se vuoi, nel bagagliaio, ci potrebbe essere un piccolo posto anche per te. Invece, mentre parlavi tu, ho proprio sentito che mi chiamavi così. Noi."
"È vero. L'ho fatto. E mi è venuto spontaneo, anche se ti conosco da... Quanto? Nemmeno un mese?"
"Forse è perché sotto sotto non siamo poi così diversi."
"O forse è perché stanotte tu di confidenza te ne sei presa decisamente molta."
"Cretino."
Tornano al ristorante, rovistano negli scatoloni pieni di vecchie fotografie. Quella sera sono a cena da Vasilis e Sotiria, che erano abituati ad averla sempre fra i piedi e all'improvviso non la vedono più, se non di sfuggita, all'alimentari. Ormai dormire nella camera dei nonni di Di, senza dirselo, per loro sta diventando un'abitudine, ogni giorno lei porta qualcosa di suo, lo spazzolino, l'accappatoio, due magliette. Quando non lavora per Vasilis, è sempre in quella camera che torna per dedicarsi alle strisce di Pilù che manda ogni settimana alla "Gazzetta dei Bambini" e per mettere a punto lo story-board di *Naso torna sempre*. Da Roma il coro delle amiche e i colleghi della redazione cominciano a scalpitare: ma quando torni? Le chiedono. E lei risponde che tornerà per gennaio, quando scade l'aspettativa. Solo a sua madre

racconta qualcosa, nelle lunghe mail che le manda. Aveva preferito non dirle niente, quando a luglio tutto le era crollato addosso e dentro, per risparmiarsi il solito lamento che a ogni tradimento di Stefano, ciclicamente, le riservava: "È una maledizione, quella delle donne della nostra famiglia. Così come tuo padre ha lasciato e umiliato me, Stefano lascia e umilia te, non c'è scampo".

Ma da quando ha conosciuto Di, le ha scritto che con Stefano è finita, che però lei non è mai stata meglio e sta scoprendo che non è vero, non è affatto vero che le donne della loro famiglia devono necessariamente venire tormentate per sentirsi amate.

"…può anche essere tutto incredibilmente semplice, sai mamma? Hai presente quelle coppie che abbiamo sempre visto in giro e che passeggiavano, chiacchieravano, come se il senso del loro stare insieme fosse esattamente quello: stare insieme? Sembravano assurde a me come a te. Eppure avevano ragione: è possibile. Incontrare una persona che ti pare preziosa e che fa sentire preziosa te, intendo. Poi il tempo passa pure per loro, certo, e magari rovina tutto: però, almeno finché dura, una storia invece di essere una sfida o una lotta, può rivelarsi un'occasione per essere (attenta: lo sto per dire!, lo dico:) felice. Non hai notato che da almeno un mese non ti chiedo più, ossessivamente, se non è per caso successo qualcosa di tremendo a papà che mi vuoi nascondere? Lo stesso faccio con lui. Se mi chiama, penso che mi vuole salutare: non penso più che mi chiami perché è successo qualcosa di tremendo a te. E tutto questo lo devo a Di. Non so che cosa ne sarà di noi, ma so per certo che niente per me sarà come prima, d'ora in poi. Perché con Stefano avevo spostato la paura che ho dentro, che tutti abbiamo dentro, al mio fianco. Ma rinunciare alla paura si può. Basta mandare una volta per tutte al diavolo Papà Trauma e Mamma Ossessione."

Glieli aveva presentati Di, Papà Trauma e Mamma Ossessione.

Qualche sera prima, mentre stavano bevendo un ouzo in un bar del porto, lei aveva provato a riprendere il discorso che lui aveva solo accennato, appena si erano incontrati: "Ti va di parlarmi un po' di tuo padre?" gli aveva chiesto.

Lui aveva fatto cenno di no con la mano: "Che motivo c'è?".

"Che motivo c'è per non farlo?"

Di allora aveva sospirato: "Nessun motivo, te lo assicuro: non è un tabù per me. Certo, avrai notato che tendo a cambiare discorso anche ogni volta che parli di Stefano, e non perché io sia geloso. Cioè, lo sono. Ma non è per quello che non mi va che tu ne parli troppo".

"E allora perché?"

"È per via di quei due."

"Quali due?"

"Io li chiamo Papà Trauma e Mamma Ossessione."

"Sembrano degli amici di Pilù..." aveva sorriso lei.

"In effetti potrebbero esserlo e forse è anche per questo che quel coniglio non riesce a farmi simpatia. Vedi, a me sono comparsi con chiarezza qualche anno fa, ascoltando la gente... Perfino sull'autobus o in coda alla posta non fa che vomitarsi addosso le sue sfighe: l'hai notato? Si sentono tutti eroi tragici, ci sentiamo tutti protagonisti di un mito che smaniamo per raccontare, non vediamo l'ora di avvicinare il prossimo sconosciuto solo perché si fermi un attimo e ascolti, ma soprattutto permetta a noi di ascoltare la nostra voce ripetere ancora una volta che un giorno, tanti anni fa, poveri noi... Mi spiego?"

Lei aveva annuito, lui aveva ordinato un altro giro di ouzo.

"Ecco. Allora partiamo dal fatto, inconfutabile, che la vita è complicata... Mio nonno lo diceva sempre: quella bastarda ci forza continuamente a confrontarci con la sua pacchiana mancanza di senso, ma nello stesso tempo ci forza pure a dare il meglio di noi. Finché, come se non bastasse, c'è pure il rischio che impazzisca. Bum! Muore la mamma di un bambino che ha solo nove anni e a suo padre da quel giorno non gliene frega più niente di niente. Bum! L'amore della sua vita abbandona malamente una giovane donna, per altro bellissima, a Naxos." All'improvviso Di era un fiume in piena. "Capita, insomma, che 'sta vita ci metta a tu per tu con qualcuno di violento, qualcuno per cui, anche volendo, non avremmo mai potuto essere preparati. Chi è, costui?" Si era fatto vicinissimo a lei per urlarle in un orecchio: "Aiuto, aiuto, aiuto!". Lei aveva riso. Lui era andato avanti: "Che ti ridi? Non c'è niente da ridere. Perché costui è proprio lui: è Papà Trauma. Si presenta pericoloso, enorme, senza remore, senza pietà. Ma diamogli un paio d'anni e diventerà il nostro più prezioso consigliere. Il rifugio più sicuro, il passaggio obbligato da fare per ricordare a noi stessi e agli altri chi siamo, l'unico marchio di garanzia della nostra identità. Perdiamo tutti i nostri soldi in un investimento? Rimaniamo vedovi, senza una casa, senza un lavoro? Papà Trauma conosce infiniti trucchetti per sbracciarsi e attirare la nostra attenzione. Quando ce l'avrà fatta e ci sentirà davvero figli suoi, perché in grado di parlare solo ed esclusivamente di quello che ci ha fatto penare, gli arriverà in soccorso Lei. Mamma Ossessione. Sbatterà i suoi occhioni lucidi di comprensione, ci inviterà a riposare il capo fra le sue tette immense. Immense: io me le immagino immense, le tette di Mamma Ossessione. Immense e caldissime." Le aveva sfilato la sigaretta per dare un tiro, ma poi aveva continuato a fumarla: "Così, coccolàti fra quelle tette, sorvegliàti dalla grandiosità di Papà Trauma, ecco che abbiamo finalmente il nostro mito. Una cameretta dove tutte le responsabilità, le emozioni e i pensieri che eravamo costretti a smazzarci ci sono evitati. Un posto morbido, al calduccio, protetto dal nostro trauma e garantito dalla nostra ossessione. Un posto dove però, se ci pensi, le persone non esistono. Dove niente, esiste. Tutto diventa un riflesso, una funzione, un water per i rifiuti indifferenziati dei nostri casini, dei nostri alibi, una conferma della sciagura che, un giorno sempre più lontano, ci è toccata. E così, ricattàti dal nostro trauma e dalla nostra ossessione, ricatteremo il mondo: non è colpa mia se ti ho deluso, è che i miei genitori quand'ero piccolo mi picchiavano! Il mio ex andava a letto con mia sorella! Mio padre è stato arrestato ingiustamente! Il mio era gay! Non è colpa mia: ho avuto un trauma! Oppure. Ho un disturbo dell'alimentazione da quando sono adolescente, lo capisci o no? Sono lunatico, come il simpatico Pilù. Non ti ho esattamente tradito, è che da quando ho tredici anni penso solo ed esclusivamente a scopare, proprio non riesco a pensare ad altro, mi vorrei scopare mia zia, quel lampione, mi vorrei scopare il cielo: ma non è colpa mia! È un'ossessione! È il mio mito che mi condanna a essere così!" Si era scaldato, gli occhi gli brillavano. È così ardente, aveva pensato lei, così coinvolto da quello che sostiene... Mentre Stefano l'aveva abituata a depotenziare tutto, con la scusa della poesia. Il fulcro per il periferico. Il volersi bene per il mettersi alla prova. Quello che conta per una sconosciuta che ha bisogno di Marina Cvetaeva per autorizzare le sue scelte e i suoi fallimenti. E all'improvviso capiva che la poesia, per Stefano, significava fuggire dalla realtà, sfregiarla: invece per Di la poesia, senza bisogno di nessun proclama, significava sforzarsi di interpretarla, la realtà. E lei voleva riuscire a fare lo stesso con i suoi fumetti. Così le era sembrato un dio, mentre la fissava negli occhi e le domandava: "Ma vogliamo davvero continuare a essere per tutta la vita Quella Che È Stata Licenziata? Fraintesa? Quella Che Ha Un Marito Narcisista? Quello Che Si Scopa I Lampioni? Non ci vergogniamo? Davvero vogliamo essere schiavi del nostro maledetto mito, invece di essere noi a sgamarlo, per poi però evadere?".

"No, certo che no, però non è così semplice, non può ridursi tutto a un discorso sulla volontà, perché altrimenti..."

Era riuscita solo a balbettare lei. E si era accesa l'ennesima sigaretta.

"No? Secondo me invece nella maggior parte dei casi sì. E io voglio uscire dal mito, non voglio fare per tutta la vita Quello Che Ha Perso La Mamma E A Cui Il Papà Allora È Diventato Stronzo. Come spero per te che tu non voglia fare per tutta la vita L'Abbandonata."

Lo aveva guardato imbambolata, aveva ripensato alla sua stella e al desiderio di trasformarsi in lei, per fissarsi eternamente nella crudeltà di quella fine con Stefano: "Anche se…".

"Anche se?"

"Anche se, in effetti, grazie al nostro trauma e alle nostre ossessioni siamo al sicuro, perché al calduccio nel nostro mito, come dici tu, le persone non esistono, certo, ma proprio per questo nessuno sconosciuto potrà entrare e farci di nuovo male…"

"Sì! Sì. Ma è questo." E le aveva preso una mano. "È questo che ci frega. Perché certamente hai ragione. Fra le tette di Mamma Ossessione, nessuno ci può venire a disturbare. Non verremo mai, mai più piantati in asso. E però qual è secondo te la paura che, stringi stringi, ci aveva spinto a rifugiarci fra quelle tette?"

Stavolta aveva risposto senza esitazioni: "La paura di non essere amati".

"Ecco perché mi sto innamorando pazzamente di te. Perché quando parliamo e quando facciamo l'amore noi ci intendiamo proprio. Un altro ouzo, per favore… È così, è esattamente così anche secondo me: il problema è sempre uno solo, sempre quello: abbiamo paura di non essere amati. E allora ci rifugiamo nel nostro trauma, nelle nostre ossessioni. Ma lo capisci, il paradosso? Non lo vedi che, proprio perché ce ne stiamo lì, accartocciati nel nostro mito, nessuno ci potrà mai conoscere per quello che siamo e dunque ci potrà

amare? Non è evidente che mentre crediamo di difenderci ci stiamo mettendo definitivamente a rischio?"
Gli aveva tappato la bocca: "Di".
"Che c'è?"
"Hai detto che ti stai innamorando pazzamente di me."
"E allora?"
"È vero?"
"Certo che sì."

Qualche sera dopo, quando hanno finito di riverniciare le pareti della cucina del ristorante, ancora sporchi, stanchi ma compiaciuti del risultato, si buttano a letto e lei gliela presenta, la sua Mamma Ossessione.
Non come avrebbe fatto con il dottor Massimini, di lì a pochi mesi. Forse meglio. Forse peggio.
Comunque diversamente.
Perché a Massimini dirà: "Vede, nel momento esatto in cui una persona diventa importante per me, io percepisco la sua provvisorietà, nel mondo e in relazione a me. Probabilmente è perché ho sempre sentito, perfino quando ero nella pancia di mia madre se è possibile, che mio padre in casa c'era, ma da un momento all'altro avrebbe potuto non esserci più, come in effetti poi è successo... Ma tutti i giorni – mentre disegno, mangio, mi vesto, faccio qualsiasi cosa, tranne che se faccio l'amore, ma subito dopo sono di nuovo a rischio, e poi tanto ormai non lo faccio più e non ho nessuna intenzione di ricominciare... – sono investita da questo... questo panico. Il panico per la fragilità delle persone a cui sono legata. Allora i pensieri mi cominciano a montare velocissimi, diventano una massa senza forma, finché non ne rimane nessuno, rimane solo una certezza: il vuoto da un momento all'altro, magari adesso, potrebbe riprendersi quello che è suo, è sempre stato suo, che si è solo limitato a prestarmi. Eppure... Eppure, quando è suc-

cesso davvero, quando quella notte di capodanno, sul display del cellulare, ho visto il nome di Cora, anche se l'aspettavo da trentun anni una telefonata così, be'... Lei ha cominciato ad ansimare... diceva incidente e diceva Stefano... ma io non capivo: continuavo a ripetere, comunque lui sta bene, no?... Sta bene?... Come se non sapessi già tutto, come se non fosse proprio *quella* la notizia che aspettavo da trentun anni... E ora... Ora non posso più neanche sentire lo squillo di un telefono senza avvertire la certezza, l'assoluta certezza, che è successo di nuovo. Che succede a tutti, in continuazione, anche adesso che lei e io stiamo parlando, chissà quante telefonate come quella qualcuno sta facendo, qualcuno sta ricevendo... Non ci pensa mai, lei? Perché assieme alla caducità di quello che mi circonda, io sono torturata anche dalla caducità di tutto il resto... Come si fa, dottore? Come si fa a fare finta di niente? Bisogna riuscirci per non impazzire, lo so. Infatti è per questo che stare con Stefano tutto sommato mi rassicurava ed è per lo stesso motivo che in questa clinica mi sento finalmente a casa... perché qui dentro tutti urlano quello che anche io non ce la faccio più a contrastare: vivere è troppo difficile. Mentre fuori di qui ci devi riuscire per forza. E io ci ho provato, ci ho sempre provato, ho viaggiato, amato, lavorato con passione... Ma ormai, da quando sono tornata a Roma, quest'angoscia si sta prendendo tutto. E la speranza, in certe notti come quella che ho appena passato, è che io faccia più veloce, faccia prima degli altri, e che possa succedere magari proprio mentre dormo, perché non ci siano più telefonate come quella, perché non le debba ricevere io almeno, perché nessuno se ne vada più, nessuno abbandoni più nessuno, perché arrivi finalmente la pace, anche per me."

E in quell'esatto momento il dottor Massimini, psichiatra psicologo e psicoterapeuta, la guarderà in tralice, muto come quasi sempre, ma la luce delle cinque di quel pomeriggio di maggio gli disegnerà uno strano arabesco fra il naso e la fronte, e allora lei troverà il coraggio di fare quello di cui forse non ha neanche voglia, ma è talmente confusa che non si perderà in altre domande, e si alzerà, supererà la scrivania che li ha divisi per quattro mesi, e gli si accuccerà in grembo. Pregandolo: stringimi.

Invece a Di, oggi – mentre novembre avanza con il suo passo rapido, il mare ruggisce, il buio cala – dice: "La mia Mamma Ossessione mi sussurra tutto il giorno in un orecchio che chi c'è potrebbe all'improvviso non esserci più, me lo ripete sempre, sempre".

E senza bisogno di chiederglielo, lui la stringe a sé.

Erre è stato l'ultimo a smontare la sua tenda e a partire: se ne andrà a Bali, dove oltre a fare surf – quello serio, lo chiama lui – lo insegna, e tornerà con la primavera.

Organizzano una cena per salutarlo, il ristorante adesso è un cantiere, ma apparecchiano di sopra, come tavolo usano lo scrittoio che c'è nella camera dei nonni.

Parlano poco, al solito, ma ormai lei si è abituata e si è affezionata a Erre per vie misteriose, che passano semplicemente per il tempo che hanno passato nella grotta insieme, lui a osservare il mare, lei a stare con Di e ogni tanto a disegnare.

Ma quando arriva il momento del raki, Erre alza il bicchiere.

"A voi," dice. E poi si rivolge a lei: "Quando torno conto di trovarti con il pancione, mi raccomando".

"Che cosa?" gli chiede lei. E con un sorso solo finisce il suo raki.

"Perché?" Lui appare stupito. "Non dovete avere almeno tre figli? È meglio se vi sbrigate, allora."

"Ma no, Erre..." sorride Di. "Sono io che vorrei almeno tre figli."

"E tu?" Erre si rivolge a lei.

"Sinceramente non ci ho mai pensato."
"Tutti ci pensiamo," ribatte lui.
Se ho paura che chiunque incontri possa sparire, come farei a sopportare l'idea della morte di una persona a cui ho dato io la vita? Vorrebbe confidargli lei. Ma Erre detesta le complicazioni. E allora si limita a dirgli: "Certo. Volevo dire che non ci ho mai pensato negli ultimi mesi. Da quando conosco Di, insomma".
Di si rabbuia, ma dura un attimo. E interviene: "Dobbiamo ancora capire che cosa succederà quando lei tornerà a Roma, a gennaio. Io avrò il ristorante da avviare, potrò spostarmi poco e chissà quando ce la farò a tornare stabile a Torino".
"Davvero?" fa lei.
"Davvero cosa?"
"Davvero tu il nostro futuro lo vedi così? Io a Roma e tu inchiodato qui?"
"Non ho detto questo."
"L'hai detto. Erre, è vero che l'ha detto?"
Erre sta litigando con la bottiglia: il raki è già finito.
"Erre?"
"Che c'è."
"Hai sentito anche tu che cosa ha detto Di, no?"
"A me pare solo che lui farebbe un figlio con te anche adesso, su questo scrittoio, appena io mi tolgo dalle palle. E che tu invece chissà a che cosa pensi, non sono certo affari miei, comunque pensi ad altro. Almeno una birra ti è rimasta, Di?"
Di scende al ristorante per prendere da bere, rimangono soli.
"Non è vero che penso ad altro. Ma prima di conoscere Di credevo che mi sarei per sempre dedicata all'uomo con cui stavo, Stefano. Un uomo complicato, per certi versi impossibile... Mi bastava lui, come bambino."
"Questa è una cazzata. E lo so perché anch'io ho sempre

pensato di bastarmi, come bambino. Ti immagini io che adesso prendo e mi metto a pensare ai casini di un altro essere umano, proprio ora che sto risolvendo i miei? Dicevo a una donna. Si chiamava Clara e aveva un neo qui." Si indica la punta del naso. Beve l'ultima goccia dal bicchiere vuoto. "Ti immagini, le dicevo, io che mi preoccupo di cosa può fare bene o fare male a quell'essere umano, dopo che ci ho messo anni per capire cosa faceva bene o male a me e ho deciso di licenziarmi dallo studio medico dove lavoravo – facevo il dentista, pensa – per mettermi a insegnare surf? Ti immagini? Perdere il sonno che con tanta fatica ho conquistato per le difficoltà che quell'essere umano avrà con il mondo, con gli altri, ricominciare a chiedermi il perché, il per come? No, no... Per me è meglio finire come e quando finirò che ricominciare, dicevo a Clara."

Di è tornato con tre birre e un'altra bottiglia di raki.

"Le stavo raccontando di una donna con il neo qui," gli spiega Erre. "Una donna che alla fine di figli ne ha avuti due, ma da un uomo che non ero io. Allora pure io mi sono sposato con un'altra donna che però non aveva il neo lì. Proprio no, non ce l'aveva... E allora, che vi devo dire? Pensate poco e amatevi tanto. Ma soprattutto fate una grande scorta di raki per l'inverno. Versa, Di, su."


Non se lo dicono, nemmeno lo decidono, ma lo fanno. Da quella notte cominciano a fare l'amore senza difendersi da niente di tutto quello che potrebbe accadere.
Per esempio un figlio.
Oppure un figlio.
O, magari, un figlio.
Sarà stato il raki. O quel discorso di Erre.
Chi lo sa.
Lo fanno anche se, in realtà, ancora non si conoscono? O proprio perché in realtà ancora non si conoscono?

Lo fanno perché non hanno neanche sessant'anni in due e non possono fino in fondo immaginare che cosa significhi avere un figlio?

O perché già sanno che tanto un figlio non si può immaginare fino in fondo, o viene o non viene, e c'entra sempre e comunque una voglia pazza che a ragionarci per bene, ma davvero per bene, non può che passare?

Lo ha fatto perché era molto fragile, commenterà il dottor Massimini.

Lo fanno perché l'isola è scossa dal primo vero temporale, è esploso all'improvviso, appena Erre se ne è andato il cielo ha cominciato a rimbombare, è arrivato l'inverno, ha detto lei, ma l'inverno qui non esiste, ha detto Di, e le ha sorriso con quel suo sguardo sbilenco.

Lo ha fatto perché il vero Pilù forse non era Stefano, sempre il dottor Massimini sosterrà: il vero Pilù è lei, e la partenza di Stefano aveva fatto precipitare la pallina del suo umore su PERICOLO BLU, poi la pallina è schizzata su OCCASIONE BRILLANTINA e lei ha scambiato un momento di esaltazione, fisiologico dopo un trauma come quello che aveva subito, per la possibilità di un amore.

Lo fanno perché, per abbandonarsi fino in fondo a qualcuno, a qualcosa, bisogna sempre abbandonare qualcun altro, qualcos'altro.

Infatti Stefano per abbandonarsi a Cora e a Londra, o forse solo ai suoi mostri, aveva dovuto abbandonare lei e la loro casa gialla.

E per abbandonarsi a Di, adesso, lei deve abbandonare il suo mito, l'idea di non potersi abbandonare mai a nessuno, la certezza di venire prima o poi abbandonata da tutti: e allora vieni, strano uomo con lo sguardo sbilenco, pensa e non dice, vieni fino in fondo dentro di me.

Ma si deve per forza essere tanto estremi? chiederà al dottor Massimini. L'abbandono non può essere un mistero

dolce, dove scivolare a occhi chiusi mentre il mondo per un istante trattiene il fiato, si gira e ti lascia fare?
Assolutamente no, le risponderà lui.


"Davvero tu credi che a gennaio, quando tornerò a Roma, potrebbe finire tutto fra di noi?"
"Non ho detto questo."
"Invece sì."
"E allora forse l'ho fatto perché tu reagissi, dicessi qualcosa."
"Per esempio?"
"Per esempio: no. No che non finirà tutto."
"Potevi dirlo direttamente tu."
"Potresti pensare ogni tanto di non essere l'unica, ad avere paura."


Costanza.
Così la chiamerebbero. Perché se arriva sarà sicuramente femmina: ne sono certi. Lui ne ha sempre voluti tre, lei ancora non sa neppure se ne avrebbe mai voluto uno, ma quest'isola stregata dove ha sperato di non respirare più e cominciare a pulsare senza bisogno della sua volontà, come fosse una stella, ora la fa sentire all'improvviso invulnerabile. Divina.
E se non fossimo capaci?
Ce lo insegnerebbe lei.
Se si trattasse di decidere dove vivere, a Roma o a Torino?
Lo deciderebbe lei.
Costanza.
Perché mio nonno si chiamava Kostas, perché suona bene.
Costanza come la costanza che ci vuole, per un cazzone di ventotto anni, per mettere su un ristorante che sia nuovo ma resti anche vecchio, fedele a quello che è stato. Come la

costanza che ci vuole, per una donna che crede nei suoi animaletti improbabili più che nelle persone, a convincersi che forse pure le persone, a guardarle bene, non sono altro che questo: animaletti improbabili. Tutti senza cuore, tutti innocenti. Costanza come quella che nessuno dei due ha mai avuto, lei troppo presa a rincorrere quello che non c'era, lui ancora troppo giovane, bravi ad aspettare l'onda, ad aspettare una tragedia o un'enormità qualsiasi pur di non stare fermi a guardare il mare quando è piatto e non succede niente, e poi ancora niente, incapaci di rimettersi ai giorni, semplicemente, alle ore. E adesso, per promettere alla bambina che arriverà ci sarò, sempre e comunque ci sarò, ci vuole amore, certo: ma per mantenere la promessa ci vuole costanza.

Costanza come la costanza che ci vorrà, quando si saranno conosciuti davvero e si deluderanno una volta, due. Quando scoprirai che sono permaloso, quando scoprirai che in testa o giù di lì ho davvero un allarme sempre pronto a scattare, quando la domenica pomeriggio non passerà mai, quando arriveranno Natale, l'allergia, la pancia, quando andremo al bagno e senza accorgercene lasceremo la porta aperta, quando l'umore blu balzerà inaspettato dal suo angolo cieco e si prenderà tutto. Quando dovrò consegnare un lavoro ma non avrò nessuna idea e risponderò male a te anche se non c'entri niente, dice lei. Quando uscirà fuori la pigrizia che tutte le mie ex mi hanno sempre rimproverato, dice lui. Perché: quante ne hai avute?, chiede lei. La costanza che ci vuole per fidarsi.

Costanza come quella che ci vorrebbe per perdonare mio padre, dice lui.

Come quella che ci vorrebbe per smetterla di sperare che mia madre cambi, dice lei.

La costanza che ci vuole per non cedere a Papà Trauma e Mamma Ossessione. Per riconoscere il nostro mito: e poi tradirlo.

Costanza: quella che ci vuole per riuscire ad abbandonarsi. E però non abbandonare. Secondo te è possibile? gli chiede lei. Cosa? Tenere tutto insieme, dentro, il mito e la vita nel frattempo, quello che siamo stati e quello che saremo, quello che muore e quello che nasce. Secondo me sì, risponde lui.
 Assolutamente sì.
 Ma ci vuole costanza.

Un uomo labirintico non cerca mai la verità,
ma sempre e soltanto Arianna.

Albert Camus, *Taccuini*

Anche novembre ha ceduto il passo, ecco dicembre.

Il sole, instancabile, continua a benedire le spiagge, le strade ciottolose, i pioppi, i cubi bianchi delle case di Pirgaki, ma l'aria si è fatta fresca, punge, il mare ringhia e Vasilis è certo che entro Natale ci sarà almeno una nevicata.

Sono arrivati i tavoli, le sedie, oggi è arrivata anche l'insegna: il ristorante non ha più la magia che ha un posto quando potrebbe diventare infiniti posti, aprirà dopo le vacanze di Natale, ma ormai è un posto solo: è quello, è *Pelagia*.

E la commuove, come l'hanno sempre commossa le cose di chi ama.

Più profondamente di quanto le capitava un tempo, se è possibile: perché realizza ora che la tenerezza per le cose di Stefano, per le magliette per i fogli A0, era esasperata dalla noncuranza di lui. Per quelle magliette, quei fogli. Per lei. Nei tavoli del ristorante di Di, invece, in quest'insegna in vetro e foglia d'oro, prova a credere come ci crede lui. Pienamente. Ed è questo che la commuove, è il viso pronto dell'amore con cui Di guarda il suo ristorante prendere forma. Guarda lei.

Nel frattempo, l'editore pare entusiasta del secondo libro di Pilù. Anche quello uscirà a primavera, e le ha già spedito il contratto per *Naso torna sempre*.

Nella casa dei nonni di Di non c'è il riscaldamento e allora hanno rovistato negli armadi e hanno trovato un pigiama di flanella marrone per lui, una camicia da notte di lana leggera e pizzo per lei: i primi giorni di un amore, in questo, somigliano a quelli di un matrimonio di lungo corso, riflette lei. Puoi vestirti come ti pare, ma l'effetto che avrai sull'altro sarà comunque lo stesso. Nei primi giorni di un amore quei vestiti ti resteranno addosso un attimo, in un matrimonio di lungo corso deciderai tu se e quando cambiarti: ma in entrambi i casi per l'altro sarà assolutamente indifferente come ti sei conciato.

"In effetti, quando ti ho conosciuta, uno dei primi pensieri è stato: speriamo che quei jeans non siano troppo stretti e che sia facile toglierli."

Spengono le abat jour sopra le cassette di frutta ribaltate, scivolano sotto alle coperte.

"Di?"

"Eh."

"Ma secondo te, alla fine di *Naso torna sempre*, il padre deve esaurire la scorta di elefantini e la bambina con gli occhi verde alieno deve rendersi conto dell'inganno?"

"Sai che non saprei? Io mi immaginavo più qualcosa alla *Willie il Coyote,* dove Willie non acchiapperà mai Beep Beep..."

"Sì, sì, al momento anch'io mi ero immaginata questo: una serie di storielle dove Naso sparisce, trova modi sempre più stupefacenti per farlo, ma, appunto, alla fine torna sempre grazie alla scorta di Nasi che ha il papà... Però mi chiedevo se questa storia non fosse anche una possibilità per raccontare ai bambini che uno strappo a volte è inevitabile."

"Credi che i tuoi piccoli lettori sarebbero pronti ad affrontare il tema? Non è un po' presto?"

"Be', io sarei felice se un domani qualcuno si prendesse la briga di aiutarmi a spiegare a Costanza certe cose. Tu no?"

"Ma povera bambina! Deve ancora essere concepita e già

siamo qui a pensare a chi ci aiuterà a spiegarle che tanto prima o poi si muore?"

Riesce sempre a farla ridere proprio nel momento in cui, se fosse da sola, sentirebbe di vacillare.

"Io comunque avevo sei anni quando ho letto *Incompreso*. E anche quando Beth in *Piccole Donne* cominciava a non alzarsi più da quel letto odioso. Ne avevo sette quando ho scoperto che Lady Oscar era una donna, e a corte lo sapevano tutti, ma nonostante questo le dame, se lei passava, arrossivano dietro ai loro ventagli. Era strano, molto strano, non capivo esattamente tutto fino in fondo, ma ci dovevo stare, e così, nel frattempo, mentre non capivo, mi addestravo alla confusione degli esseri umani e della vita..."

"Certo. Io non sono un grande esperto di cartoni animati, ma non mi dimenticherò mai che avevo cinque anni, un pomeriggio ero a casa di una mia compagna d'asilo per fare merenda e ho visto quella Georgie infilarsi tutta nuda nel letto di un certo Abel, anche se era suo fratello."

"Il letto era di Arthur. E non erano davvero fratelli."

"Comunque lei era nuda."

"Allora capisci perché con Naso dovrei osare un po' di più? Molti dei bambini che lo leggeranno, poveracci, avranno già vissuto il loro primo strappo... Magari hanno divorziato i genitori, o è morta la loro nonna preferita... O magari gli è successo l'impossibile, come è successo a te," gli si aggrappa alla schiena, come per fargli da zaino.

"Avevo nove anni... A che cosa pensavo? Boh. Che cosa mi raccontavo? Non lo so. So solo che non tolleravo più il buio e volevo dormire con tutte le luci accese. E non volevo che nessuno me la nominasse, se qualcuno ci provava correvo sul terrazzo e mi chiudevo fuori a chiave."

"Non posso immaginare che cosa hai passato."

"Mia madre somigliava a mia nonna. Si chiamava Iris. Era piccola, con i capelli rossi e le ciglia lunghissime... Faceva proprio come il tuo Naso, pensa. Me la portavano via, all'ospedale, per una cura, e poi però tornava a casa. Di nuovo me la portavano via e di nuovo tornava. Finché non è tornata più."

Si stringe a lui ancora più forte, vorrebbe entrargli dentro, spingersi fino a lì, dove farà per sempre male.

"È che a nove anni non hai ancora capito un cazzo di Lady Oscar, come fai ad accettare la morte..."
"Non puoi."
"Anche se..."
"Anche se?"
"Quando è morto mio nonno, io di anni ne avevo ventisette e lui centosei, ma comunque mi sono accorto che non avevo difese. E che di Lady Oscar forse non si potrà mai capire un cazzo."
"Non mi avevi mai detto che avevi sofferto tanto per tuo nonno."

Però lo dice tutti i giorni con l'ardore con cui si dedica a *Pelagia*, pensa. Rimangono in silenzio. Fuori sta cominciando a piovere, piano.

"Di."
"Dimmi."
"È bellissimo."
"Che cosa?"
"Il ristorante."
"Davvero?"
"Davvero."
"..."
"..."
"Mi sa di sì... sai? Prima o poi le scorte di elefantini del papà della bambina devono finire e così Naso non tornerà più. Però..." Lo sente ragionare, nel buio.
"Però?"
"Però, nel gran finale, sarebbe giusto che il papà regalasse alla bambina con gli occhi verde alieno un altro pupazzo, completamente diverso da Naso. Così i bambini capiranno

che sì, può succedere di perdere qualcuno che amiamo. Ma capiranno anche che il mondo è a disposizione per consolarci e regalarci altre persone che per noi possono diventare importanti. Capiranno insomma che si può uscire dal mito: siamo sempre lì."

"Un pupazzo diverso, sì… Certo. Un pupazzo che non se ne va."

"Ecco."

"Potrebbe essere un leoncino. Che ne dici? Biondo come te e con lo sguardo sbilenco."

"Come ti permetti? Non è vero che sono strabico."

"Non ho detto strabico. Ho detto sbilenco."

"Stronza."

"Vieni qui."


Quando arriva quella telefonata, lei è all'alimentari di Vasilis. Sta pesando dei broccoli per una delle solite clienti che vanno a fare la spesa ogni mattina e con cui ormai è in confidenza, e squilla il telefono.

NUMERO PRIVATO
NUMERO PRIVATO

Consegna i broccoli alla signora e risponde.

"Pronto?"

"Sono io."

È lui. Con una mano tiene il telefono all'orecchio, con l'altra batte in cassa il conto della signora. Con tutto il resto traballa.

"Occhi?"

"Ciao."

"Che c'è? Non mi riconosci?"

La signora le fa un cenno: tutto bene?, lei fa cenno che sì, grazie. Rimane sola. Sola con quel telefono. Con quella voce.

"Certo che ti riconosco. Tutto bene?"

"Tutto bene? E che è 'sto tono... Mica sono uno zio di quarto grado che non vedi da un secolo..."

No, non sei uno zio di quarto grado. Ma non ti vedo da cinque mesi e cinque giorni.

"Stefano."

"Occhi."

"Che c'è?"

"Sto male. Londra è di una violenza inarrestabile. Mi sta massacrando."

"Mi dispiace."

"E anche con Cora non va, non può andare. Lei è una persona carina, e poi è spregiudicata, c'è una grande intesa fisica fra noi, sai..."

"Grazie per i dettagli."

"...ma è piuttosto anaffettiva... E non ha un grande senso dell'umorismo... Sento che c'è qualcosa di sordo, dentro di lei, non so come spiegarti, ma soprattutto..."

"..."

"Cora non sei tu."

"Ho capito."

"Ho capito?"

"Sì."

"Ma che risposta è? Occhi, non sono un uomo perfetto, lo so. Ma mi manchi. Sto male."

"Mi dispiace."

"Sai dire solo questo? Sei ancora incazzata quindi..."

"No, Stefano. Non sono ancora incazzata. Anzi: forse non lo sono mai stata. Morta, quello sì. Sono un po' morta, quando mi hai lasciata."

"Non ti ho lasciata. Altrimenti te l'avrei detto, no? Ti avrei detto ti lascio."

Non cadere nella trappola del suo labirinto di parole cave, pensa lei. Non cadere nella tua trappola, quella di volerlo portare fuori dal suo labirinto.

"È un discorso che non ha senso, Stefano."

"Ma come non ha senso? Tu trovi il senso pure dove io lo perdo, Occhi, non puoi non trovarlo dove è evidente. Quello che voglio dire è che io volevo andare a Londra, sì, ma non ti volevo lasciare, perché..."

"Basta così."

"Basta cosa?"

"Non ho bisogno di nessuna spiegazione."

"Ma ho bisogno io di dartele."

"Che medicine stai prendendo?"

"Nessuna medicina."

"Se stai male, forse dovresti richiamare quel medico, il dottor Massimini."

"Il dottor Massimini... Sì... Però sai, Occhi... Ora mi farai una scenata delle tue, ma la verità è che avevo ricominciato a prendere lo Zoloft, quell'antidepressivo, quando eravamo in Grecia... Te lo dovevo dire, lo so, e lo dovevo dire a Massimini, ma quell'isola è maledetta, appena siamo arrivati ho cominciato ad avere pensieri orribili, era come se un artiglio gigante mi premesse sul cuore e spremesse solo nero..."

Non cadere nella sua trappola, non cadere nella tua trappola.

"Maledetta, maledetta isola."

"Io sono ancora qui, Stefano."

"Dove?"

"A Naxos."

"E perché?"

"Te l'ho detto che sono un po' morta. E quando muori non è facile andartene da dove sei."

"Occhi, dai."

"Dai cosa."

"Dai non parlarmi così. Non te la puoi prendere con un fallito come me... Un fallito che comunque non ha mai smesso di pensarti, e che il nostro dialogo profondo non l'ha mai tradito."

"Purtroppo però io non esisto solo nella tua testa, Stefano. E di quello che *davvero* ho fatto in questi mesi, di come

ho *davvero* vissuto, anzi di come sono sopravvissuta, mentre tu mi pensavi e dialogavi con me nel profondo, ma stavi a Londra con la tua amica spregiudicata e però anaffettiva, non mi sembra che tu ti sia molto preoccupato."
"Smettila, per favore. Vieni a Londra."
"A Londra?"
"Sì. Ti ho fatto io il biglietto, ma credevo che saresti partita da Roma. Ora te lo rifaccio da Atene e te lo mando via mail, così arrivi dopodomani."
"Dopodomani è Natale."
"Appunto. E che Natale può essere se non ci difendiamo insieme da tutte quelle stronzate?"
"Stefano, ho incontrato una persona."
"È simpatica? Porta a Londra pure lei se ti fa piacere."
"È un uomo."
"Allora porta pure lui."
"Sto con lui, Stefano."
"…Va bene. Passerà. O magari troveremo un modo per stare insieme lo stesso anche io e te, questo tipo mica potrà essere così borghese da volermi eliminare dalla tua vita, no? Intanto comunque digli che vuoi venire a Londra."
"Ma io non voglio venire a Londra."
"Non è vero."
"Sì, è vero."
"Quindi è una cosa seria?"
"È una cosa bella."
"Che significa è una cosa bella?"
"Significa che ci vogliamo bene."
"Che significa ci vogliamo bene?"
"Che parliamo perfino di avere un figlio e non mi fa paura."
"Un figlio?"
"Sì."
"Un figlio."
"Sì."

"Occhi."
"Eh."
"Vaffanculo."

Aveva la voce pericolosa, racconta subito, quella sera, a Di. La voce di quando la pallina è in caduta libera, la voce di chi dentro ha troppe voci, la voce di chi probabilmente si è appena calato qualcosa, di chi potrebbe fare l'ennesima cazzata da un momento all'altro. Allora vai, le dice Di. Vai a Londra.

No, risponde lei, non ci vado. Perché? Perché dopodomani è Natale e mi ha sempre fatto schifo, ma quest'anno mi piace, perché mi piaci tu, gli risponde. Mentre in realtà pensa: perché, se vado a Londra, poi cado in quella trappola. La sua. Che poi è la mia. Quella a cui grazie a te sto imparando a rinunciare.

Durante il viaggio di ritorno, Teseo, afflitto a causa di Arianna, dimenticò di issare sulla nave le vele bianche.

Apollodoro, *Biblioteca, Epitome*

Vasilis non si era sbagliato: il giorno della vigilia, quando il sole saluta e se ne va, cade una neve leggera e fa scintillare la punta del monte Zeus, si posa sulle pendici del Koronos, sui pescherecci ormeggiati al porto, sulle case, sulle chiese, sui kuroi per sempre addormentati, sulla porta del tempio di Apollo, sulle dune di Mikri Vigla, sui platani di Chalki.
Sul patio di Vasilis e Sotiria, a Pirgaki.
Per cena sono invitati da loro, ci sono anche i quattro figli appena arrivati da Atene e gli undici nipoti. Finiscono di mangiare, bere e scambiarsi i regali alle quattro del mattino e, anche se sono esausti e ubriachi, proprio perché sono ubriachi, arrivano fino alla spiaggia, la sabbia si è già ingoiata la neve, aspettano che gli infiniti occhi rosa e blu del cielo si schiudano, l'aria è fredda, pulita, il mare schiuma, confida i suoi segreti all'isola muta.
A pranzo Di, infaticabile, apre il ristorante per le persone che hanno lavorato con lui in questi mesi, lei lo aiuta in cucina, al di là del Natale ha sempre vissuto con una certa malinconia doversi dare un appuntamento per fare festa, si fida solo di quello che succede per caso, ma è annebbiata dal vino, dalla moussaka, dai dolcetti di fico che erano la specialità della nonna di Di, e che il cuoco del ristorante si è impegnato a preparare seguendo una ricetta scritta a mano che è

sbucata fuori da una Bibbia che Pelagia teneva nel cassetto delle posate.
Rotolano ore vuote, dolci.
Giorni vuoti. Dolci.
Fino a che.
Fino a che nove, otto.
Sei.
Quattro, tre, due.
Uno.
Zero.
Sono a letto, nudi.
Buon anno, Di.
Buon anno.
Che la costanza sia con noi.
Che Costanza sia con noi.
E mentre lui comincia a baciarla – e come sempre, appena la tocca, la trascina via da qualsiasi sottofondo che le fruscia per la testa – suona un cellulare. È il suo, l'ha lasciato nella tasca dei pantaloni che sono rimasti per terra. Insiste. Ancora.
"Vuoi rispondere?"
"Sarà mia madre, l'ho già sentita alle undici per gli auguri, la richiamerò. Abbiamo un nuovo patto: solo se passano più di cinque ore da quando mi chiama senza che io le abbia dato un cenno di vita, lei è autorizzata a chiamare te. Dicevamo?" Lui riprende a baciarla dal collo, scende giù.
Ma il cellulare ricomincia. Squilla, squilla squilla. Rispondi, ma no dai: lascia stare, e il cellulare squilla, sei bellissima, squilla squilla, buon anno amore, squilla, buon anno amore mio, squilla.
Squilla squilla squilla squilla squilla squilla squilla squilla squilla squilla squilla squilla squilla squilla squilla squilla squilla squilla squilla squilla squilla squilla squilla squilla squilla squilla squilla squilla squilla squilla.

Lei sbuffa, rotola fuori dal letto, cerca nel buio i pantaloni, li trova.

Squilla.

Cerca il cellulare.

È un numero straniero, lì per lì non riconosce il prefisso.

Squilla.

"Pronto."

Le risponde un rantolo, poi un urlo che si spezza in un altro rantolo. Poi una voce sottilissima che ansima: "Sono Cora".

Emanuele, Iris, Timótheos e Myrtos
Di nuovo a Naxos, giugno 2018

> Alcuni raccontano che vi furono due Arianne, una delle quali andò sposa a Dioniso a Nasso e mise al mondo Stafilo e suo fratello; l'altra fu rapita da Teseo e, da lui abbandonata, giunse a Nasso.
>
> Plutarco, *Vite parallele*

Se sapessimo di che cosa abbiamo bisogno, non avremmo bisogno dell'amore.

E infatti lei non sa assolutamente di che cosa ha bisogno, mentre il piccolo aereo che pare un giocattolo atterra a Naxos.

Non sa nemmeno esattamente perché, un mese fa, gli ha scritto quella mail.

"Ciao Di, quanto tempo.

Chissà se è ancora questo il tuo indirizzo. Non l'ho mai usato: ed è solo uno dei motivi per cui ti devo delle scuse che molto probabilmente, a questo punto, non ti interesserà più ricevere. Ma insomma. La settimana prossima dovrò essere a Torino per una presentazione e mi chiedevo se tu vivessi ancora lì. E se pensi che avrebbe senso vederci. Per me sì, lo avrebbe."

Ma sa che, se quando era incinta aveva sentito esplodere, potente, l'essere esattamente la persona che era, da quando è nato Emanuele è scomparsa a se stessa, non si è trovata più e, per mesi, nemmeno si è cercata.

È passata dall'assoluta libertà di un'eterna adolescente all'assoluta devozione.

Di colpo non era più io, è diventata noi: noi stiamo bene, noi abbiamo dormito, noi andiamo dal pediatra. E solo un'altra volta in vita sua le era capitato di farlo, di pensare noi:

perché lo faceva Di, lo pensava Di. Ma con Di toccava a lei scegliere, vuoi o non vuoi? Con suo figlio (suo! figlio!) non c'è possibilità di scelta.

E ha cominciato a chiedersi se questo annullarsi in lui sia l'amore incondizionato di cui parlano tutte le madri. O se non sia piuttosto l'ennesimo e il più perfetto stratagemma per liberarsi definitivamente di quell'io che mai, mai è riuscita a sostenere, di quella vita che fino in fondo non è mai stata capace di affrontare. Magari invece tutte le madri chiamano amore incondizionato quello stratagemma? Anche questo se l'è chiesto. Perché, purtroppo o per fortuna, qualche domanda tornava a farsela. Erano domande diverse da quelle con cui si era baloccata per quarant'anni, ma solo all'apparenza: respira? mi riconosce, avrà capito chi sono? va bene, non ho più latte, ma non c'è verso di farlo tornare? tre mesi di allattamento saranno bastati per passargli qualche anticorpo? e il rapporto fra me e lui? che conseguenze subirà se passiamo al latte artificiale? che cos'è questa tosse? mi riconosce, avrà capito chi sono? respira? respira? Ma in realtà erano le stesse domande di sempre, mascherate, e che però diventava improvvisamente necessario accogliere fino in fondo per colpa di quell'amore assoluto, per evitare appunto che se lo rodesse dall'interno lo stratagemma.

Poi, una notte, Emanuele aveva poco più di tre mesi, mossa da uno degli infiniti misteriosi istinti che dal giorno del parto doveva capire se ascoltare con tutta se stessa o con tutta se stessa evitare di ascoltare, aveva spiato il cellulare di Damiano. Lo faceva spesso all'inizio della loro storia, quando ancora non si capacitava che il serico dottor Massimini fosse anche un uomo, e cercava indizi che glielo confermassero. Ma aveva smesso quasi subito: gli unici messaggi che, al di là del lavoro, Damiano scambiava, li scambiava con Elena, la moglie, e sulla questione lui era stato chiaro da subito: erano cresciuti insieme, per lui da tempo non era più tecnicamente una compagna, ma era di più, era sua sorella: non l'avrebbe mai lasciata. Poi invece l'aveva fatto, ma evidentemente le loro abitudini non erano cambiate.

"Hai dormito?" scriveva lui.

"…No… E tu?" rispondeva Elena.

"Nemmeno. Sono sottosopra."

"Bene. Sottosopra significa vivo."

"Tu mi conosci come nessun altro e sai che per me non è facile tenere insieme quello che è successo ieri pomeriggio e il resto."

"Non mi pare che ti sia fatto troppi scrupoli a tenere insieme per anni il nostro matrimonio e lei."

"È tutto molto più complicato di così e lo sai. Buona giornata, Wafer ♥"

"Buona giornata, Wafer ♥"

Non è come pensi, ieri pomeriggio sono passato a trovarla perché io e te avevamo litigato, non c'è stato niente: neanche un bacio, lei mi conosce come nessun altro ma tu come nessun altro mi capisci, quello che mi ha mandato sottosopra è stato riuscire a confidarmi finalmente con qualcuno, ormai è una storia finita: queste spiegazioni Damiano, quando lei era entrata in bagno come una furia, l'aveva trovato seduto sul water e gli aveva sventolato il cellulare davanti, gliele aveva date tutte e subito.

Aveva anche aggiunto: stare con una donna come te è molto impegnativo, lo sai, e da quando è nato Emanuele lo è ancora di più, è naturale che io ogni tanto senta il bisogno di cercare un conforto, un aiuto per riuscire a sostenerti come la tua natura problematica richiede, perché con lui sei eccezionale, ma hai lasciato tutto il resto del mondo fuori con la violenza inaudita di cui sei capace tu, senza neanche rendertene conto.

E ancora: Elena è una collega che al di là di tutto ho sempre stimato profondamente.

Ma lei non lo ascoltava. Pensava solo: wafer. Non aveva mai chiesto a Damiano perché chiamasse la moglie così, neanche nei nove anni in cui erano stati amanti e, se passavano la notte insieme, dopo cena lui si appartava per telefonare alla moglie e faceva di tutto perché lei non potesse ascoltarlo, si allontanava quanto più gli era possibile e metteva una mano davanti alla bocca, ma pure lei faceva di tutto per cogliere almeno un'increspatura della voce, una parola, e alla fine di ogni telefonata sgusciava fuori sempre quella: wafer. Wafer come i biscotti che piacevano di più a lui? A lei? Wafer perché Vienna, Wafer perché gli gnomi della Loacker? Wafer perché un giorno, nei loro ventidue anni insieme, era successo qualcosa di molto buffo o molto romantico o davvero tragico, che però poi era diventato davvero comico, qualcosa di loro solo loro eternamente loro legato a un wafer: e lei era diventata Wafer.

Quello che però non aveva mai immaginato è che pure lui. Pure lui fosse Wafer.

Per i genitori e per il coro delle amiche, Damiano aveva smesso da più di un anno di essere Quello Sposato: da quando era rimasta incinta e lui, il giorno stesso in cui aveva saputo la notizia, aveva confidato tutto a Elena e l'aveva lasciata, era diventato Il Padre Di Tuo Figlio.

Ma per Elena rimaneva Wafer.

Che Wafer per lui rimaneva, sempre sarebbe rimasta.

"Perché lei è Wafer. E chi se ne frega se non avete potuto avere figli, mentre con me adesso ce l'hai. Chi se ne frega se l'imperturbabile dottor Massimini a cinquantasei anni è stato sorpreso dalla paternità, si è commosso, e ha deciso di cambiare vita. Non basta un figlio per essere una famiglia. Tu e lei siete una famiglia. Noi no. Non lo siamo mai stati," gli aveva risposto, quando lui le aveva chiesto perché. Perché mi mandi via proprio adesso che finalmente ci sono. Che ho intenzione di restare.

"Uno dei tuoi molteplici problemi è che riesci a vivere l'amore e la felicità solo come fossero degli amanti, ma non ti fiderai mai abbastanza di loro per tenerli a casa con te," le aveva poi sibilato. "Perché la dipendenza a te la crea il vuoto. Non la crea quello che c'è. Altrimenti come mai la morte degli altri ti sarebbe sempre più presente della tua vita?" Si era preso il pigiama e lo spazzolino e se ne era andato a dormire al suo studio.

Lei naturalmente aveva accusato il colpo, lo accusava sempre quando Damiano tirava in gioco quelle sue fragilità che tanti anni prima, a furia di condividere, li avevano fatti innamorare.

Ma la mattina dopo era rimasta ferma nella sua decisione: non le interessava entrare nel merito di quei messaggi, sarebbe stato francamente penoso per entrambi farlo, le interessava solo che lui trovasse in fretta un posto dove andare. E che cominciassero un percorso, ognuno dentro di sé e insieme, per essere i genitori di Emanuele senza però rimanere una coppia.

Damiano dopo qualche resistenza l'aveva assecondata, ma lei sentiva che, sotto quell'irritante arrendevolezza, covava la convinzione che tutto si sarebbe presto sistemato: se lui aveva una grande confidenza con le fragilità di lei, lei ce l'aveva con le tecniche di lui per difendersi dalla fragilità degli altri, soprattutto dalle sue.

Era un uomo che nutriva con la pazienza ogni suo ragionamento, Damiano.

"Solo la passione per te ha assalito la mia vocazione alla razionalità, l'ho sempre considerata una fortezza, ma forse è una prigione," le aveva detto un giorno, quando era ancora tutto nuovo fra loro e in quello studio che li aveva visti per tanto tempo uno davanti all'altra, ognuno con il suo ruolo, erano improvvisamente uguali, un uomo e una donna, nudi, eccitati, stupefatti.

Pareva che potesse cambiare tutto, in quei primi tempi.

Finalmente ce la farò, sentiva lei, rinuncerò a confidare solo nella fantasia e scoprirò che la realtà è già di per sé fantasia, se incontri un uomo disposto a seguirti fino al centro del tuo labirinto e allungarti un filo per portarti fuori da lì. E non le importava niente che Damiano fosse sposato: lui non mi fa sentire un'amante, spiegava a Caterina, lui mi fa sentire l'amata, ed è questo, questo che mi sta curando la vita.

Finalmente ce la farò, pensava lui, rinuncerò a confidare solo nella scienza e scoprirò che la realtà non è detto sia necessariamente scientifica, se incontri una donna che ti consegna le sue ferite e tu le accogli, perché lo fai per lavoro, certo, ma stavolta quelle ferite ti sfuggono dalle mani fino a toccarti un nervo delicatissimo all'altezza dell'addome, nervo pudendo lo chiama la medicina, ma poco importa: importa che io quel nervo ce l'avevo scoperto.

Così, lei si era aggrappata a Damiano, disperatamente. E con delicatezza lui gliel'aveva permesso. Come le aveva permesso di insinuarsi dove nessuno, neanche la moglie, era mai arrivato... Glielo aveva sussurrato una notte, erano a Pisa, avevano spento la luce e forse lui sperava che lei già dormisse, chi lo sa: ti stai insinuando dove nessuno è mai arrivato, fra lo scetticismo di cui ho sempre avuto bisogno per comprendere il mondo e il bisogno che avrei di farne a meno. Lei era rimasta in silenzio, e gli aveva fatto scivolare una mano fra le gambe, ma non per eccitarlo: per dirgli puoi farlo, con me puoi farlo, rinuncia al tuo scetticismo come io con te voglio rinunciare a tutte le paure.

E questo ricordo, anche quando vorrebbe liberarsene, come dopo avere letto quei messaggi, mai l'abbandona.

Il giorno dopo avevano camminato per Pisa abbracciati, come se non dovessero fare attenzione ai colleghi di lui, agli sguardi, come se non esistesse Wafer, come se non fosse esistito Stefano, come se esistessero solo loro due, senza nessuno scetticismo, senza paura.

Stefano.

Se in terapia non avevano fatto altro che parlare di lui, da quando avevano interrotto la terapia, per un tacito e misterioso accordo, non ne parlavano più.

Anche quando, nel mezzo di altre notti, prima e dopo quella di Pisa – perché almeno una volta alla settimana accettava di partecipare a qualsiasi convegno fuori città pur di avere la scusa per partire e portarla con sé –, capitava che lei urlasse nel sonno e si svegliasse e allora lui accendeva la luce, le infilava un Tavor sotto la lingua, le portava un bicchiere d'acqua alle labbra e la invitava a bere, bere tanto, quel nome rimaneva sospeso, impronunciabile. Perché entrambi sapevano che era Stefano, evidentemente Stefano che lei con quelle urla chiamava, per dirgli dove sei, o forse torna, o forse rimani lì, ma almeno salutami prima di andartene, giura che mi hai perdonata, perché, ascoltami bene: io ti ho perdonato, giurami che stai bene dove stai, e che magari un giorno fai come hai sempre fatto, e torni, almeno per due ore torni.

Ma, se quando erano medico e paziente, Stefano era un passaggio necessario alla loro terapia, adesso era un fantasma minaccioso per la loro relazione. Come lo era Elena, anche se era viva. Meglio tenerli lontani, allora, si erano detti senza dirselo. Fosse solo per capire se è rimasto qualcosa di noi, ai bordi del matrimonio con Elena, della morte di Stefano.

Poi il tempo era passato. Trascorrere una notte insieme alla settimana non era più una festa, era diventata un'abitudine. A volte – per esempio prima che lui partisse per le vacanze, ad agosto, o il ventitré dicembre – un'abitudine triste, e per difendersi dalla malinconia lei si era lentamente tornata a rifugiare nei suoi disegni, lui nella sua scienza.

"Siamo troppo selvaggi per domarci, ma troppo legati per lasciarci andare... Non credi, Damiano?"

"Io credo che nel saggio che ti ho regalato, *La teoria della libido* di Freud, c'è tutto quello che si potrebbe dire sull'argomento."

"Ma noi non siamo un argomento. Siamo io e te."

"Sì, sì... Anche Elena mi fa spesso obiezioni di questo tipo. Il suo orientamento d'altronde è cognitivo comportamentale, la pensiamo diversamente quasi su tutto."

"Stefano invece diceva che il sesso coniugale è come farsi la pipì a letto. E allora forse io e te ci ostiniamo a rimanere amanti perché ci stiamo difendendo da quel rischio."
I loro dialoghi erano diventati questi. Stefano ed Elena erano stati sguinzagliati e scorrazzavano, indisturbati, li spiavano parlare, fare l'amore, partire, mentre lui tornava a fare il medico, e sosteneva teorie, lei tornava a fare la paziente, e si cadeva dentro, si confondeva, così lo aggrediva, invece di lasciarlo parlare.
Finché non era rimasta incinta.
E la sera in cui l'aveva annunciato a Damiano aveva visto, per un attimo ma l'aveva visto, correrglí negli occhi una luce che le aveva ricordato quella della sincera curiosità con cui la guardava nove anni prima, del bisogno di rinunciare a ogni scetticismo.
Luce infingarda, luce che quello scambio di messaggi con Elena le aveva definitivamente rivelato come un fuoco fatuo.
Luce in cui devi credere, le prometteva lui. Luce a cui io non voglio rinunciare, e a cui se tu rinunci, perderai non solo la nostra grande occasione, ma la tua, quella di avere un posto da chiamare casa.
Non a caso aveva insistito tanto perché lei andasse a quella riunione di genitori single, i genisoli. Forse perché, a contatto con il loro smarrimento, sprofondasse nel suo e lo pregasse di tornare a casa?
Fatto sta che alla riunione aveva incontrato quella Lidia, aveva ascoltato quel discorso. "...Se noi, adesso che siamo solo all'inizio, non ci diciamo bugie, se facciamo lo sforzo di rimanere saldi e non permettiamo all'Uragano Figlio di portarsi via le nostre contraddizioni..."
E anziché concentrarsi sulle contraddizioni di Damiano, si era finalmente concentrata sulle sue.
Aveva permesso a quel ricordo ingombrante, a quel ricordo inutile che aveva cominciato a spingere dalla nascita di Emanuele, di farsi avanti. Perché le domande nuove-vecchie,

e i misteriosi istinti che la assalivano, ora passavano tutti da lì. Tutti. Da Di. Nella terapia con Damiano era stato archiviato rapidamente come un delirio maniacale, l'altra faccia dello sconforto senza fondo in cui era precipitata per l'abbandono di Stefano. Poi Stefano era morto e così per la prima volta non se ne sarebbe più andato, ma l'avrebbe seguita ovunque, fantasma sguinzagliato. Quello a cui pensava da sempre e ossessivamente alla fine era successo davvero: qualcuno che prima c'era, poi non c'era più. E lei? Lei, lei avrebbe potuto salvarlo, se fosse andata a Londra e se... Ma adesso che la vita la metteva di nuovo di fronte all'irreparabile, perché era nato suo figlio, e qualcuno che prima non c'era ora ci sarebbe stato per sempre, quella morte sembrava averne abbastanza. Era come se, anziché tenerla sempre per mano e guidarle mosse, pensarle pensieri, potesse finalmente squagliarsi dentro di lei, dove vanno a finire l'infanzia l'adolescenza il primo tradimento di un amico, e smetterla di allungare la sua ombra lunga su tutto il resto.

Era questa, la famosa elaborazione del lutto di cui tanto aveva parlato con Damiano nelle loro sedute? Forse. Perché, allora, anziché sentirsi finalmente libera, era così smaniosa e niente, nemmeno il respiro del suo bambino che dormiva, riusciva a tranquillizzarla? Per quella maledetta dipendenza dal vuoto, evidentemente.

Così, mentre fra le braccia aveva Emanuele, sotto i piedi non aveva più niente, la terra sbriciolava. E di colpo correva il rischio di realizzare che cosa era successo dopo l'incidente: si era consegnata a Damiano, lo psichiatra di Stefano. Che cosa era successo prima: aveva incontrato Di, aveva abbandonato Di.

Che non era stato un delirio maniacale.

Era semplicemente un uomo. E lei lo aveva amato, se amare significa... Che cosa significa amare? Significa esserci, le stava insegnando Emanuele. Lei con Di l'aveva fatto. C'era stata e si era affidata a qualcuno che c'era. Era restata, mentre lui restava. Per pochi mesi, certo, finché non era arrivata quella telefonata. Ma ci aveva provato. Per la prima e ultima volta nella sua vita, ci aveva provato.

 Lui le aveva risposto dopo due giorni.
 "Non ci credo! Mi fa un piacere enorme ricevere tue notizie. Ti ho cercata qualche volta su Facebook, ma senza speranza... Non ti avrei mai chiesto l'amicizia, ho sempre rispettato la tua decisione, ma volevo sapere se eri diventata brutta, grassa e vecchia per evitarmi qualsiasi rimpianto. Naturalmente sei sempre bellissima e giovane, vero? Io no, ma me la passo bene. Ho tre bambini e... indovina un po'? Vivo ancora a Naxos. Quindi un incontro a Torino lo vedo un po' difficile. Ma mi sarebbe piaciuto. Un bacio."
 "La presentazione a Torino era solo una scusa," gli aveva scritto di getto lei. "La verità è che ho bisogno di parlare con te. E se venissi a Naxos? Una sera me la potresti concedere?" Aveva inviato prima di pensare o rileggere.
 Senza scomporsi, anche lui stavolta le aveva risposto subito: "Certo. Ma me lo dovresti dire con un po' d'anticipo".
 "Che ne dici del primo sabato di giugno?"
 Di aveva risposto va bene.
 Fino a quel momento lei non aveva neanche immaginato di riuscire a lasciare Emanuele per più di qualche ora: sua madre fremeva per darle una mano, quel nipotino arrivato proprio quando non ci sperava più sembrava di colpo risarcirla di tutte le amarezze, e lei glielo lasciava per andare dal dottor Perrone o per qualche incontro di lavoro, per pranzare con il suo editore, chiedere al direttore della "Gazzetta dei Bambini" di avere ancora un po' di pazienza e concederle altre due settimane per riprendere a disegnare, e poi ancora una, di nuovo due. Ma si allontanava da lui sempre di malavoglia e non vedeva l'ora di tornare a casa: per via dell'incon-

dizionato amore o dello stratagemma che le consentiva di evitare un faccia a faccia con se stessa? Di entrambi.

Ora, però, aveva bisogno di andare. E di andare fino a Naxos. Di andare subito, prima che mettesse davvero a fuoco che cosa stava facendo. Aveva organizzato tutto perché fosse possibile rimanere fuori solo una notte, sarebbe partita la mattina del sabato, dopo il primo biberon, per Atene, da Atene sarebbe arrivata a Naxos e la mattina della domenica sarebbe ripartita all'alba da Naxos, c'era solo un volo ed era alle sei e un quarto, così sarebbe tornata a Roma in tempo per il bagnetto e forse addirittura per la merenda delle quattro.

"Damiano, devo partire."

"Per andare dove?"

"Se potessi evitare di dirtelo, mi faresti un regalo."

"Ma da padre di tuo figlio credo di avere il diritto di saperlo."

"E da madre di tuo figlio non rivendico, però ti chiedo il favore di non dirtelo. Anche da ex paziente te lo chiedo. E, da donna che ti ha amato molto e forse ancora ti ama, ti chiedo di fidarti di me."

"Detesto quando abusi del melodramma, lo sai."

"Allora passiamo subito all'organizzazione. Fra due settimane puoi rimanere tu con Emanuele da sabato mattina a domenica sera? Vieni a stare qui, ti lascerò tutto pronto, il brodo e il passato di verdura, la carne e il formaggino, e ti ho già scritto le indicazioni per i cucchiaini di olio, i cucchiai di semolino e il resto."

"Piccola, hai intenzione di fare una sciocchezza?"

"Ho avuto un analista troppo bravo, mi ha vaccinata per sempre contro le sciocchezze."

"Sei una manipolatrice."

"Senti chi parla."

"Quando torni potremo finalmente parlare della nostra situazione? È da più di tre mesi che vivo nel mio studio."

"..."
"Be'?"
"Va bene. Quando torno parleremo."
"Me lo prometti?"
"Te lo prometto. Parto anche per questo. Per capire che cosa è successo fra noi, ma non solo nel momento in cui ho scoperto quei messaggi. Che cosa è successo sedici mesi fa, quando sono rimasta incinta. Che cosa è successo nove anni fa."
"Che cosa può ancora succedere."
"..."
"..."
"Anche, certo."
"Non buttare via tutto, piccola. Te ne prego. In questi anni abbiamo costruito un mondo che è il nostro mondo, e le nostre insoddisfazioni ne fanno parte, non sono sintomi di una crisi, tantomeno di un'incompatibilità. Ci appartengono, ognuno di noi trascinerebbe le sue in qualsiasi altro rapporto."
"..."
"E te lo dico una volta per tutte: Emanuele non è il motivo per cui ho lasciato Elena. Mi ha dato solo lo slancio per trovare un coraggio che cercavo da anni."
"Non so se ti credo."
"Te lo dico io."
"Ma io non so se ti credo."
"..."
"..."
"Comunque, forza. Va' dove devi andare. Emanuele e io ti aspettiamo a casa."

Sono le tre di un pomeriggio troppo caldo quando atterra a Naxos e, come dieci anni prima, ad accoglierla è subito la luce, quella luce gloriosa.

Istintivamente cerca nella borsa un cappellino per Emanuele: ma non ha con sé la borsa per Emanuele, non ha il cappellino, non c'è Emanuele.

È da quando ha preso il taxi per Fiumicino che lo sente con lei, addosso, come un arto fantasma. E non sa se a darle la vertigine sia che suo figlio (suo! figlio!) c'è, ormai esiste perfino al di là di lei, oppure sia la sensazione, che pure ogni tanto la assale, di avere sognato tutto, e che Emanuele non sia davvero nato, che madre no, lei no, lei mai, che non sia successo proprio a loro quello che è successo sette mesi fa, quando una donna ha allargato le gambe, ha spinto per tredici ore fino a che un bambino (il suo! bambino!) è venuto al mondo. E lì è rimasto, nella culla accanto al lettone, poi nel lettino della cameretta, sempre e comunque con lei: sua! mammmm-a! Ma quando? Quando lo dirà, mamm-mm-a? Forse è in quel momento che lei si convincerà che è tutto successo davvero e proprio a loro? O in quel momento si risveglierà dal sogno?

È una delle domande che si ritrova a farsi più spesso.

Se la fa adesso, mentre prende un autobus per Pirgaki e scende su quella spiaggia di dieci anni prima che per lei è rimasta identica. Anche se Vasilis e Sotiria, con cui ha continuato a scambiarsi gli auguri di Natale, si sono trasferiti ad Atene, e l'alimentari non esiste più. Anche se al suo posto c'è un albergo che stanno finendo di costruire, e una piccola piscina a forma di mezzaluna, per ora vuota. Anche se dove non c'era niente, e poi ancora niente, ci sono cubi bianchi, a due o a tre piani, ognuno con il suo giardinetto, PYRGAKI VILLAS AND SUITES, c'è scritto su un cartello.

Va verso il mare, non ha pensato di portarsi un costume, perché anche questo le succede da sette mesi: è talmente impegnata a ricordarsi che cosa può servire a Emanuele, le verdure per il brodo la Fitostimoline contro gli arrossamenti il terzo richiamo del vaccino contro la meningite il secondo richiamo di quello contro il rotavirus il quarto di quell'altro ancora, che non si ricorda più che qualcosa possa servire a lei e regolarmente rimane senza dentifricio, senza crema per il viso, senza occhiali da sole quando esce. Si sfila le birkenstock, i jeans, la camicia le arriva quasi fino alle ginocchia: a come vestirsi per partire invece ci ha pensato, è stata la prima volta che, dopo il parto, le è tornato il desiderio di farlo. Desiderio inconfessabile, perché se fatica a credere di essere diventata madre, nello stesso tempo fatica a credere di essere rimasta, semplicemente, una donna. Desiderio che le è passato subito, perché si è provata un vestito in piquet verde, stretto e senza maniche, che usava per le presentazioni, un vestito semplicissimo ma che le fasciava la vita, le gambe, i punti del corpo che le avevano sempre dato sicurezza, e che è rimasto ovviamente lo stesso: mentre il suo corpo no, è cambiato. Leggermente, dicono gli altri. Completamente, pensa lei. E nel vedersi fasciata quella vita e quelle gambe nuove la distanza dalla persona a cui era abituata si è fatta intollerabile, così, come un'adolescente disturbata al suo primo appuntamento, invece di vestirsi si è coperta. Jeans morbidi a pinocchietto e camicione da uomo, lungo.

Con cui ora cammina su e giù per la riva, perché l'acqua è fredda e santa, perché dopo sette mesi aveva bisogno di rimanere in silenzio e da sola ma anche questo non lo sapeva, e un po' si sente in colpa a riconoscerlo, perché ormai per lei da sola significa con Emanuele, ed è pericoloso che sia così, è naturale ma è pericoloso, perché devono arrivare le sette, è alle sette che Di l'aspetterà alla grotta, ha scelto tutto lui, il posto e l'orario dell'appuntamento, ma sono ancora le quattro e diciassette, le cinque e quarantadue, le sei meno uno, le sette non arrivano mai.

Arrivano altre domande, che cosa avrà pensato quando ha ricevuto la mia mail?, come sarà diventato?, sarà invecchiato sarà bello sarà stanco sarà felice?, e *Pelagia*?, sarà una catena di ristoranti, ormai?, arriva il timore di non riconoscersi, quello di riconoscersi, arriva la nostalgia pazza per

Emanuele, che però proprio nostalgia non è – è qualcosa di più, perché lui anche se non se ne rende conto è a Roma che l'aspetta: lui non può che aspettare lei: lui è lei, ed è qualcosa di meno, per lo stesso motivo –, arriva la paura per la vita di Emanuele, sarà felice?, la paura per tutte le morti, tornano gli squilli di quella telefonata, nella notte, sono Cora, torna la pena, tutta la pena che quella spiaggia dieci anni prima ha consolato, torna l'amore, tutto l'amore che quella spiaggia ha protetto, torna l'odore dei cornetti confezionati che mangiava in clinica per colazione, ogni giorno di quei due mesi in clinica torna, arriva la rabbia per Damiano, ma anche un'inaspettata, improvvisa tenerezza, torna – solo per un istante, ma torna – la fiducia che aveva in lui, se ne va, rimane la gelosia, rimane Wafer, tornano Alyce, Aki, Henna, torna Erre, anche se oggi l'aria è ferma torna il meltemi, arriva un'onda e subito se ne va, eccone un'altra, arriva la voglia, semplicemente la voglia, torna e arriva la voglia.

Finché finalmente eccole.

Arrivano anche le sette.

...una fanciulla coraggiosa al punto da fuggire senza guardarsi più indietro, seguendo il suo cuore, ma incapace di trattenere l'attimo e di amare riamata. Abbandonata, quindi, senza rimedio; o sposa di Dioniso e astro brillante nel firmamento degli dei.

Maurizio Bettini e Silvia Romani, *Il mito di Arianna*

E alle sette meno tre lei sta attraversando l'ultima duna di Mikri Vigla, quando lo vede, di fronte alla grotta.

Lui ancora non può vederla, è di spalle, lei si ferma. E già sa che sì, lo riconoscerà.

Anche lui la riconosce, glielo promettono gli occhi che appena la vedono venirgli incontro s'allargano, glielo dice quello sguardo sbilenco che le sorride, fra qualche ruga che prima non c'era, sulla pelle che s'è fatta più scura, cotta dal sole.

Le parole, quante parole esistono, abaco cane mamma gatto papà zuzzerellone, ma quelle che ritagliamo per chi vorremmo sapesse davvero che cosa abbiamo dentro, e ci spiegasse anche che cosa non sappiamo noi, sono sempre sbagliate. Loro poi hanno solo una notte, non potranno mai trovare quelle giuste, ne diranno di inutili e non diranno tutte quelle che invece contano. Ma sono lì per provarci. E trovano queste:

"Quindi alla fine hai fatto come Naso. Sei tornata."
"Ciao…"
"Ciao."
"Ciao."
"Me l'ero preparata."

"Che cosa?"
"La battuta di Naso. Per non dire solo ciao e poi non sapere come andare avanti."
"Era buona."
"Ciao."
"Ciao."
"Ci avrei giurato."
"Che saremmo riusciti a dire solo ciao?"
"Che eri ancora giovane e bellissima."
"Non è vero. Sette mesi fa ho partorito e…"
"Ma dai."
"Sì."
"Dai…"
"Già."
"Camminiamo?"
"Certo."
"E come si chiama?"
"Emanuele."
"Perché?"
"È una storia lunga…"
"Guarda che sono ancora un cazzone: ho sempre tempo per ascoltare le storie lunghe."
"Un cazzone non li fa tre figli."
"Dici che basta quello per diventare una persona seria?"
"Ancora non l'ho capito. Quanti anni hanno i tuoi bambini?"
"Iris, la prima, ha sette anni. Timotheos ne ha cinque, Myrtos uno e mezzo."
"Iris. Come tua mamma."
"Sì… Timotheos invece è il nome del padre di Christina, mia moglie. E Myrtos si chiama come la spiaggia di Cefalonia dove è stata concepita…"
"…"
"Stai pensando che è un po' cafone chiamare una figlia così? Guarda che qui in Grecia è un nome piuttosto comune."

"No, figurati, non è quello…"
"E allora? Che c'è?"
"Niente, niente."
"…"
"E va bene: stavo pensando che siete davvero fortunati tu e Christina a fare ancora l'amore sulla spiaggia, dopo sette anni e due figli."
"Otto anni, per l'esattezza."
"Ah."
"E quella a Cefalonia è stata la prima vacanza che abbiamo fatto da soli, da quando sono nati Iris e Timotheos. Comunque siamo abbastanza fortunati, sì. Perché, tu e tuo marito invece…?"
"Cosa?"
"Da quel punto di vista."
"Non ci posso credere! Non ci vediamo da dieci anni, stiamo parlando da meno di un quarto d'ora e…"
"…e di fatto ci stiamo domandando se facciamo ancora sesso con i nostri reciproci consorti, e con che intensità."
"Comunque Damiano non è mio marito."
"Ah."
"Sono stata la sua amante per un po'. Cioè, per un bel po': nove anni…"
"Nove anni."
"Già."
"…"
"A che cosa pensi?"
"Non ti ci vedo a fare l'amante."
"Ha anche i suoi vantaggi, sai."
"Per esempio?"
"Per esempio puoi comportarti come ti pare. E quando lui si arrabbia tu puoi rispondergli sempre che se non lascia la moglie non ha nessun diritto di sindacare su quello che fai. Ti ho prestato la macchina e tu me l'hai rigata! Be', tanto tu non lasci tua moglie. Ieri mi hai dato buca e non mi hai nem-

meno avvertito! Perché, tu hai forse lasciato tua moglie nel frattempo? E via così."

"Sono soddisfazioni…"

"In più, giri per un sacco di alberghi. E a volte ci sono delle colazioni meravigliose. A Pisa, dove lui all'inizio andava spesso perché teneva un corso all'università, dormivamo sempre in una pensione deliziosa, ma così piccola che non c'era la sala per la colazione, e ogni mattina ce la portavano in camera. Arrivavano queste brioche con tutte delle ciotoline piene di marmellata. Pure quella ai lychees c'era."

"Dove l'hai conosciuto?"

"Damiano?"

"Eh."

"Era lo psichiatra di Stefano…"

"…"

"…"

"Il dottor Massimino?"

"Massimini."

"Me ne avevi parlato."

"Sì. Anche io, poi, sono diventata una sua paziente."

"Ah."

"Sì."

"…"

"E *Pelagia*?"

"Purtroppo dopo nemmeno un anno ha chiuso. Era partito bene e io avevo deciso di rimanere qui, perché… Perché."

"Perché?"

"Per dimenticarti meglio. E perché almeno il ristorante continuasse a farmi compagnia."

"Senti, Di, io…"

"No, no. Stai tranquilla. Ma tu mi hai fatto una domanda e io ti ho risposto. Quando sei andata via, ho dato a quel ristorante tutto quello che avrei voluto continuare a dare a te, mettiamola così. E all'inizio è bastato. Pensa che in quella prima estate si doveva prenotare con due giorni d'anticipo per trovare un tavolo libero…"

"Poi?"

"Poi ho fatto casino. Ho aumentato il numero dei camerieri, mi sono messo in testa di allargare anche al piano di sopra."

"La casa dei tuoi nonni."

"Sì. E lì la cosa mi è sfuggita di mano, ho speso tutto quello che avevo guadagnato per la ristrutturazione, non riuscivo più a essere regolare con gli stipendi, il personale ha cominciato a lamentarsi, poi a licenziarsi…"

"Mi dispiace."

"Non è stato un bel momento. Sono stato costretto a vendere e così ho conosciuto Christina."

"Christina."

"Sì. Lei è una in gamba, gestiva già due gelaterie e un ristorante della sua famiglia. Hanno rilevato *Pelagia* e insieme l'abbiamo trasformato in una pizzeria. Sull'isola cominciava a esserci una grande richiesta."

"Era una delle tue idee, all'inizio."

"Sì. Mica solo gli amanti hanno le loro magre soddisfazioni."

"Guarda che per me davvero non è stato un dramma essere l'amante di Damiano per tutto quel tempo."

"Fa troppo caldo. Ti va di tornare alla grotta?"

"Certo."

"*Pizza Pazza*. Si chiama così."

"È carino."

"Fa schifo. Ma il posto non è male. E ogni sera è strapieno."

"Com'è?"

"Dunque, più o meno il piano di sotto è rimasto lo stesso, ma…"

"Intendevo Christina. Com'è."

"Ah, Christina. Christina è alta più o meno così, ha i capelli scuri, fino a qui, la carnagione molto chiara."

"E poi? Di carattere."

"È una in gamba, te l'ho detto. Una persona dolce, buona. Che però non ha mai tempo, lavora sempre. Non è per niente una cazzona, insomma."

"Con i bambini come vi organizzate?"

"La mattina io li accompagno a scuola, poi vado in pizzeria, sistemo quello che c'è da sistemare, do una mano per il pranzo e alle quattro torno a prenderli. Christina riesce a cenare con noi al massimo due sere alla settimana."

"Ti piace?"

"Fare il padre? Sì. Mi piace."

"Ce l'hai fatta, allora."

"In che senso?"

"Dieci anni fa volevi tre figli. E oggi hai tre figli."

"Sì... Diciamo che ce l'ho fatta."

"Io invece ero sicura di non potere avere figli."

"Perché?"

"Mi avevano tolto un coso, nell'utero."

"Un coso cattivo?"

"No, buono. Ma grosso. E il ginecologo mi aveva detto che se ne sarebbero potuti formare altri, quindi, anche data l'età, cara signora, non credo sarà facile che lei possa rimanere incinta."

"Come l'avevi presa?"

"Così. Come ho preso un po' tutto in questi anni, prima della gravidanza. Mi sembrava che quella che facevo fosse la mia vita, sì, ma senza di me... Da quando."

"Da quando. Ci pensi ancora tanto, a Stefano?"

"Non si tratta esattamente di pensare, sai... Ma sì, Stefano è con me. A volte continuo a parlarci, nella mia testa... E andiamo sempre d'accordo, mentre quand'era vivo non facevamo che litigare... Ora invece mi dà consigli. Mi tira perfino su, se sono di cattivo umore. Forza Occhi, mi dice."

"Ti manca?"

"È strano... Quando era ancora vivo, e nessuno lo può te-

stimoniare meglio di te, non mi mancava più... Anzi, cominciavo davvero a risvegliarmi dal suo incantesimo... Ma quando è morto mi hanno investito solo i nostri momenti belli, quei respiri di pura gioia che mi concedeva fra una crisi e l'altra. La tenerezza che foderava la sua crudeltà. Bambina la tenerezza, bambina la crudeltà... E ho sentito aprirsi un buco senza fondo, dentro di me e nel mondo, che mi ingoiava tutta... Non era morto solo lui, capisci... Con lui se ne andava la parte di me più spellata: la più vera?, chi lo sa, sicuramente quella a cui mi ero sempre riferita, quando dicevo io... Una parte disposta a tutto pur di essere amata... o forse a niente... Sennò perché per tanti anni sarei stata con un uomo come lui?... Una parte danneggiata, contagiosa, tossica, convinta che soffrire fosse comunque più facile che vivere..."
"Io non l'ho mai conosciuta, quella parte di te."
"Non ce n'è stato il tempo."
"Dici che è per quello?"
"Forse era Stefano che l'aveva tirata fuori... O forse ero io che avevo tirato fuori la sua parte sadica, senza scrupoli, ma così vera... Così innocente, così priva di qualsiasi malizia... e quindi anche di qualsiasi senso di responsabilità, certo. Ma queste sono cose che ho scoperto con Damiano, in terapia. Sul volo da Atene per Roma non riuscivo a pensare a niente, vomitavo e basta. E infatti, poi..."
"Che cosa è successo?"
"Sono stata ricoverata in una clinica. Eccoci."
"Eccoci... Una clinica?"
"È incredibile, sembra che non sia passato neanche un giorno. Ma questa tenda è quella di Erre? Non mi dire..."
"No, no. Però ci somiglia, è vero. È di un ragazzo austriaco, un grande surfista."
"E tu? Vieni ancora qui a fare kite?"
"Ogni tanto. L'estate scorsa hanno provato anche Iris e Timotheos: lei fantastica, lui un disastro."
"Che fine ha fatto Erre?"

"Ha conosciuto una ragazza a Bali, un paio d'anni fa. Dalle foto sembra sua figlia, ma sembrano anche volersi molto bene."

"Da che cosa l'hai capito?"

"Da come sorridono, ma c'è una foto dove non si erano accorti che qualcuno li stava fotografando, e lui sta mangiando un piatto di noodles, lei beve un qualcosa di rosso, forse un succo di frutta all'anguria, boh, e comunque si guardano, e lo fanno bene. Come chi si conosce davvero."

"Eppure si sopporta."

"O magari addirittura si ama."

"Magari. Sì."

"Quale clinica? E perché?"

"Non c'è bisogno di usare questo tono tragico…"

"Non è un tono tragico. È il tono di chi non sa che tono usare. Ma vorrebbe capire che cosa ti è successo."

"Di?"

"Sì."

"Ciao."

"Ciao."

"Allora… Quando sono andata via da qui, quella mattina, non capivo niente. Sai che non ho quasi nessun ricordo della mia partenza?"

"Te l'ho organizzata io, appena hai chiuso il telefono."

"Sì, questo me lo ricordo. E mi ricordo che ti ho chiesto di lasciarmi sola."

"Ma io non ce la facevo."

"E allora ti ho urlato quelle cose orribili…"

"Non ti preoccupare."

"Scusa."

"Per favore. Ho detto non ti preoccupare."

"Una birra ce l'hai?"

"Ne ho prese otto. Secondo te ci basteranno?"

"Non credo."

"Tieni."

"Grazie... Mi ci voleva."

"Non allatti più, vero?"

"Certo che no, tranquillo. Al terzo mese mi è finito il latte."

"Come l'hai presa? A Christina è successo con Myrtos, dopo neanche due settimane, e non riusciva ad accettarlo."

"Anch'io ci ho messo un po'. Pensa che su Internet ho pure trovato il numero di una tizia che si fa chiamare la Maga del Latte..."

"E?"

"E mi ha dato delle tisane al cumino e all'ortica, dei bibitoni schifosi, ne bevevo due bottiglie al giorno, ma niente..."

"Eppure dovresti vedere Myrtos. È cresciuta con il latte artificiale e non si ammala mai. È forte, sana, cicciona."

"Sì, sì... Anche Emanuele sta benissimo. Però sono mesi talmente particolari quelli... Questi... Qualsiasi inconveniente ti mette in discussione, pure se pensavi che il supermercato rimaneva aperto di domenica, e invece no. Lo vedi che allora non sarò mai una vera madre, una di quelle giuste, come si deve? ti dici."

"Mi sarebbe piaciuto vederti con la pancia."

"Avevo i superpoteri, in gravidanza. Appena ho scoperto di essere incinta ho pensato: no, non è vero. Non è possibile che tocchi proprio a me. Ho fatto tre test di gravidanza, scendevo in farmacia e risalivo a casa e scendevo in farmacia e risalivo a casa... Sì, sì e sì: è proprio a te che tocca, mi ripetevano i test... Non lo sapevo se ero pronta, non lo sapevo se sarebbe stato pronto Damiano, anzi certamente no, non lo eravamo... Ma quello che ho saputo subito è che lo volevo. Questo bambino io lo voglio: tutte le voci che dentro di me sono sempre state abituate a scontrarsi, per la prima volta, in quarant'anni, dicevano la stessa cosa. E il senso di scollamento fra me e la vita che facevo, per nove mesi, è scomparso... Non ho mai amato tanto il mio corpo come quando ero incinta. Ho anche smesso di fumare, pensa."

"Quindi, se adesso io fumo e ti offro una sigaretta?"

"…La prendo. Ma è la prima, dopo sedici mesi. Grazie."

"Anche io ho smesso di fumare per ogni gravidanza di Christina. Ma ho sempre ripreso l'istante dopo che li ho visti per la prima volta in faccia, tutti e tre."

"E lei?"

"Non ha mai fumato… La tosse? Addirittura?"

"Te l'ho detto che non ci sono più abituata. Però mi piace, pure se mi fa tossire. Purtroppo mi piace e mi piacerà sempre."

"Forse è perché il tuo corpo in quei mesi non serviva solo a te."

"Scusa?"

"Ragionavo sul perché quand'eri incinta hai amato tanto il tuo corpo. Hai sempre preferito occuparti degli altri invece che di te, no? E finalmente il tuo corpo non era più solo tuo, era pure di Emanuele, e per viziare lui dovevi finalmente viziare te."

"Mmm… Vero. Infatti da quando è nato ho ricominciato a trascurarmi. E magari oggi ricomincio anche a fumare…"

"Non mi dare questa responsabilità, ti prego."

"Di."

"Eh."

"Ma quindi tu sei riuscito a fare l'amore con tua moglie da subito, quando sono nati i vostri figli?"

"Subito no. Ci abbiamo messo un po' a riprendere confidenza."

"Perché nessuno si scopa la madre dei suoi figli?"

"Che?"

"Scusa, mi sono finita la bottiglia da sola. Sono ubriaca."

"La domanda però sembrava interessante…"

"Quand'eravamo amanti, per Damiano ero irresistibile. Se prima non facevamo l'amore, a volte neanche riusciva ad ascoltare che cosa gli dicevo, tanto era fissato."

"E poi?"

"Poi rimango incinta e lui decide di lasciare la moglie."

"Bene, no?"
"Sì, no, boh. Tanto è ancora innamorato di lei…"
"In che senso?"
"Nel senso che ho spiato il suo cellulare."
"Allora non è vero che sei stata un'amante così sportiva."
"Quand'eravamo amanti mica lo facevo: l'ho fatto qualche mese fa. E ho trovato dei messaggi piuttosto inequivocabili fra lui e la sua ex. Credo l'abbia lasciata solo perché è nato Emanuele."
"Non mi sembra un motivo da poco."
"Certo che non lo è. Ma si può decidere di stare con una donna esclusivamente perché è la madre di tuo figlio?"
"Dopo nove anni, non credo che voglia stare con te esclusivamente perché sei la madre di suo figlio…"
"Allora perché in questi nove anni non aveva mai nemmeno immaginato di lasciare la moglie?"
"Tu gliel'avevi chiesto?"
"Che cosa c'entra?"
"Magari niente."
"Comunque, senti: in gravidanza, te l'ho detto, mi sentivo una regina, e non mi accorgevo che lui cominciava a prendere strane distanze, mi accarezzava, sì, ma in una maniera diversa… E da quando è nato Emanuele non mi ha più toccata. Tre mesi fa, poi, trovo quei messaggi e ho il forte sospetto che abbia fatto l'amore con la moglie con cui invece quando eravamo amanti non riusciva neanche a dormire nello stesso letto, almeno a sentire lui. E allora l'ho buttato fuori di casa. Non perché molto probabilmente mi ha tradito, eh. Cioè, non solo… Soprattutto perché… perché…"
"Perché?"
"Perché non riesco, proprio non riesco più a fidarmi di lui."
"All'inizio ti fidavi?"
"Sì, credo di sì… Anzi, di questo sono sicura. Mi sono legata così tanto a Damiano proprio perché mi fidavo di lui

ciecamente... La sua intelligenza è il mio conforto, ho scritto un giorno a mia madre."

"E poi?"

"Poi non lo so se è stata colpa sua, perché di lui non mi posso davvero fidare, o se non è colpa di nessuno, perché a stare insieme si cade sempre e comunque in un grande equivoco."

"Magari invece sei tu."

"Io cosa?"

"Tu che ti puoi fidare, e perfino ciecamente, di un uomo sposato con un'altra. Ma di uno che decide di stare con te no."

"Guarda che è Damiano che, appena ha deciso di stare con me, mi ha tradita."

"Lasciamo stare Damiano. Non ti sembra strano che tu, solo quando lui ha deciso di stare con te, hai preso e gli hai spiato il cellulare?"

"Sarebbe strano se non avessi trovato niente di strano."

"Dici?"

"Dico. E comunque non sono quei messaggi, il punto. Il punto è che non mi fido più soprattutto delle sue intenzioni profonde, quelle che sfuggono anche a chi le prova o non le prova. Capisci?"

"Insomma..."

"A volte lo guardo mentre prende in braccio Emanuele e mi sembra tutta una pagliacciata... Una truffa. È come se ci fosse uno sconosciuto davanti a me: ecco. Che però devo considerare il padre di mio figlio. Perché è, il padre di mio figlio."

"Un bel casino, in effetti."

"Già."

"Ma se siete stati prima paziente e dottore, poi amanti, ora genitori, forse ci sta che quel poveraccio abbia un po' di confusione nella testa..."

"Da che parte stai, scusa?"

"Dalla tua. Sennò chi me lo farebbe fare di mettermi nei panni del padre di tuo figlio?"

"..."

"Perché, che ti piaccia o no, Damiano lo è. È il padre di tuo figlio. E appena la sua vita si è incastrata davvero con la tua, tu hai trovato un motivo per buttarlo fuori di casa. È vero che ti fidavi di lui così ciecamente quand'eravate amanti, e che la marmellata ai lychees della pensione di Pisa era così buona, o è vero che ti sta così sulle palle ora che siete genitori della stessa persona?"

"Vuoi una risposta sincera?"

"Sempre."

"Non lo so. Non ci capisco più niente. E infatti sono qui."

"..."

"..."

"Per me comunque è tutto più facile, forse perché Christina non è mai stata una malattia."

"Che significa?"

"Ti va un po' di focaccia?"

"Grazie."

"È la specialità di *Pizza Pazza*. Ho portato anche qualche fico, sono i primi, abbiamo un albero in giardino."

"Dov'è casa tua? Insomma, vostra."

"Appena fuori dalla città, vicino alla spiaggia di Agia Anna."

"Buonissima."

"Vero?"

"Sì. E anche i fichi. Buonissimi."

"Tu."

"Io?"

"Tu sei stata una malattia. Te ne accorgevi che, quando eravamo insieme, io dovevo fare qualsiasi cosa per toccarti, anche solo chiederti di passarmi l'olio e prenderlo dalla tua mano?"

"No... Non me ne accorgevo."

"Non dire cazzate."

"E va bene, sì. Me ne accorgevo. Per me era lo stesso."

"Anche io me ne accorgevo. E credevo sarebbe durata per sempre, fra noi."

"Di, senti..."

"No, no no: non ce n'è bisogno. Fammi andare avanti. Credevo sarebbe durata per sempre, fra noi, e invece è finita subito. Così, quando ho conosciuto Christina, che ho trovato sinceramente molto bella, con quella pelle, quegli occhi..."

"..."

"È una persona luminosa, te l'ho detto, e leale, ma insomma..."

"..."

"Se le chiedevo di passarmi l'olio era solo perché mi serviva l'olio. E allora mi sono detto: vuoi vedere che proprio per questo con lei durerà? Infatti dura. E fra noi il sesso non può subire grandi scossoni, credo, perché non è mai stato una questione vitale come mi pare di capire fosse fra te e Damiano prima che nascesse Emanuele..."

"Ma no, no..."

"No cosa?"

"Fra me e Damiano non è mai stato come fra me e te. Non c'è mai stata quella..."

"Quella?"

"Quella gratuità."

"..."

"..."

"..."

"...In una clinica psichiatrica. È lì che sono finita, quando sono tornata a Roma. La morte di Stefano mi ha tagliata in tanti pezzi: grandi, piccoli, a stella, a quadratino... In ognuno dentro c'era lui. Avrei detto mi ha uccisa, prima... quando con la morte mi permettevo di giocare, quando credevo che si potesse immaginare, la morte di chi amiamo... Pensa che nell'ultima telefonata con lui gli avevo detto proprio così,

gli avevo detto sono un po' morta, quando mi hai lasciato...
Ma se la morte poi arriva davvero, capisci che non hanno
senso espressioni così. Mi ha uccisa... Sono un po' morta...
Non hanno senso."
"O muori o non è vero che muori."
"Sì. E solo quando nasci fai qualcosa del genere."
"..."
"Non so se per te è stato lo stesso. Se quando sono nati i
tuoi bambini ti sei messo a fare di nuovo i conti con la morte
di tua madre e hai scoperto che quei conti, comunque, non
torneranno mai. E allora forse tanto vale non provarci nemmeno. Farsi violentare dal mistero fino a quando non ti ritrovi consenziente... A me con la morte di Stefano è successo così."
"Questo non te lo so dire. Ma so che ogni volta ho avvertito più che mai che lei non c'era più."
"E non ti sei sentito perso, proprio come ti eri sentito quando è morta?"
"Quando è successo ero troppo piccolo per capire come mi sentivo... Ne avevamo parlato un giorno, te lo ricordi?"
"Io adesso mi ricordo tutto, Di."
"..."
"Non è stato sempre così. Ma adesso sì. Adesso mi ricordo."
"...Quindi, insomma... Ho perso il filo, scusa."
"Eri piccolo, dicevi."
"E non capivo niente."
"Perché, quando sono nati loro hai capito qualcosa?"
"... È difficile da spiegare... Quando Christina era incinta, no: non capivo niente. Soprattutto mentre aspettava Iris, la prima. È stato l'unico vero momento di tensione fra noi, in tutti questi anni, lei continuava a ripetermi che mi sentiva distante, che non le sembravo minimamente consapevole del miracolo... E forse aveva ragione. Perché solo quando me

l'hanno messa in braccio ho realizzato: questa è Iris. È mia figlia."
"Che strano."
"Perché?"
"Perché a me è capitato esattamente il contrario. E forse anche a Christina, forse succede così a tutte, chissà... Sei il primo uomo con cui ne parlo."
"E tu la prima donna con cui ne parlo io."
"Evidentemente sono cose di cui si può parlare solo con chi non è la madre di tua figlia o il padre di tuo figlio..."
"O probabilmente sono cose di cui possiamo parlare solo noi due."
"Probabilmente."
"..."
"..."
"Vai avanti."
"Dicevo: che per me è stato il contrario. Quando Emanuele era dentro di me, non c'è stato un istante in cui non fossi sveglia, in contatto con il miracolo, come lo chiama Christina. Incollata a me, proprio a me."
"Poi?"
"Poi invece, da quando l'ho visto, in sala parto, ho cominciato a sentirmi come... Come una sonnambula, ecco... E mi ero sentita così solo quando era morto Stefano."
"Sono così potenti, i morti."
"Sono così potenti, gli appena nati..."
"In tutti e due i casi succede qualcosa di definitivo. Che ti riguarda, ma anche non ti riguarda... Perché, una volta che qualcuno che hai amato muore, o che un figlio nasce, è successo. E tu, anche se ti pare di esistere come non mai, adesso puoi pure levarti dalle palle."
"Perché in ogni caso un altro da te non ci sarà più, un altro da te è venuto al mondo..."
"Ma è un casino pensare che quell'altro da te non sei pure tu. Tu che muori. Tu che vieni al mondo."

"Sì... La persona che ero stata fino a quel momento ha dovuto fare spazio a una persona nuova, per due volte. Una persona per sempre senza Stefano, dieci anni fa. Una persona che per sempre avrà un figlio, sette mesi fa."

"Bisogna darsi tempo, quando si cambia..."

"È vero. Me lo ripeto tutti i giorni, mentre piano piano le persone e le cose attorno a me tornano a prendere i loro contorni, i loro colori... Ma dieci anni fa da sola non ce l'avrei mai fatta."

"C'ero io."

"Scusa."

"Ti prego, basta con questa parola."

"Scusa?"

"Sì. Non credo che abbia senso, fra noi."

"Forse invece ce l'ha. Perché quando sono tornata a Roma, te l'ho detto, avevo perso il filo del senso di tutto... Ero dimagrita così tanto, non dormivo più, anche se mi rimbambivo di sonnifero, le persone mi dicevano cose, ma io non riuscivo a sentirle, vedevo solo queste bocche che si aprivano, si chiudevano... Era come se fosse sempre notte, pure alle sette di mattina... Allora ho telefonato a Damiano, che per me era ancora solo il dottor Massimini... Gli ho raccontato che cos'era successo a Stefano, mi ha dato un appuntamento per il pomeriggio stesso, abbiamo parlato per più di due ore, cioè lui ascoltava e io parlavo... E alla fine mi ha consigliato quella clinica. La sua priorità adesso è trovare un posto dove le sia possibile riposare, mi ha detto. Così..."

"Così?"

"Così: niente. Damiano è stato un gigante. Ha preso in mano la situazione, ha organizzato il ricovero, ha tranquillizzato i miei genitori e li ha convinti che non era il caso di farne un dramma, se mi fossi rotta una gamba me l'avrebbero ingessata, ora mi si era rotto qualcosa, dentro, e avevo comunque bisogno di andare dove mi potessero aiutare a ripararlo..."

"Mi dispiace. Mi dispiace tanto."
"Invece quei due mesi sono stati preziosi. Addirittura belli, li potrei definire. Sicuramente necessari. Il mondo mi è sempre sembrato un posto ruvido, lo sai. Invece in clinica c'erano tante persone, ognuna con il suo mostro con cui provare a fare pace, ma tutte come me: tutte troppo scorticate per stare là fuori. Tutte troppo dentro. E io mi sono sentita a casa con loro. Il che era parte del problema, ovviamente."
"Che imbecille."
"Chi?"
"Io. Ero tutto preso dal mio amore per te, ma di fatto pensavo solo a me. A quanto mi mancavi. Ti ho chiamato per tre giorni di seguito, tu non mi rispondevi, io mi sentivo abbandonato, impotente… Sapevo che stavi male, e soprattutto questo mi mandava il sangue al cervello, perché avrei voluto fare qualcosa… Ma era solo un cazzo di pensiero egoista…"
"Siamo tutti egoisti, quando stiamo male. E infatti io sono sparita. Più egoista di così…"
"Allora perché non la smetti di chiedere scusa?"
"Perché in clinica ho cominciato una terapia con Damiano che poi, quando abbiamo preso a frequentarci, ho continuato con un altro medico, un suo collega… Mi sono messa a scavare, scavare. E mi sono convinta che la storia con te fosse stata la rincorsa per il buco nero dove ero precipitata… La donna in crisi e il fascinoso surfista che la salva: un cliché bello e buono, mi dicevo. O forse un delirio maniacale, diceva Damiano. Una malattia, appunto."
"Come Pilù, quando la pallina dell'umorometro schizzava in alto e arrivava l'OCCASIONE BRILLANTINA…"
"Te lo ricordi ancora?"
"Guarda qui."
"…"
"…"
"Che cos'è?
"L'ho sempre tenuto con me, nel portafoglio: è lo schizzo

di Pilù che hai disegnato per me sul tovagliolo della nostra prima cena."
"3 ottobre 2008..."
"Lo credi davvero?"
"Cosa?"
"Che la nostra storia sia stata una malattia."
"Anche tu l'hai detto."
"Ma io ti ho sempre ringraziata per questo. Perché, secondo me, se non ti ammali così almeno una volta nella vita, sei proprio un fallito..."
"Io invece da quando è nato Emanuele ho un sospetto."
"Quale?"
"Che sia io quella malata. Io la vera surfista, fra noi. Troppo abituata a stare sulla riva ad aspettare i cavalloni, per riconoscere il valore del mare quando è calmo. Incapace insomma di chiedere all'amore di essere all'altezza del suo cliché. E di farmi banalmente stare meglio di come starei se non ci fosse."
"Neanche con me ci eri riuscita?"
"Sì. Infatti è questo il punto. Comincio a sospettare di avere considerato una malattia l'unica vera possibilità di bene che mi era capitata."
"Ma io sono sempre stato sicuro che, se non ci fosse stato quell'incidente, noi oggi saremmo ancora insieme."
"..."
"..."
"Sai, in clinica c'era un ragazzo, si chiamava Emanuele. Ecco perché ho chiamato così mio figlio... C'era questo ragazzo che aveva vent'anni, due occhi tutti chiari, tipo finestre spalancate... e insomma si era convinto che sua madre e suo padre in realtà non fossero i suoi genitori, per via di una voglia a forma di cuore che aveva sulla spalla, ma che loro non avevano... E così chiedeva a tutti, continuamente: sei mia madre? Sei mio padre? Tu gli rispondevi di no, lui insisteva: sei mia madre? E ti prendeva la mano, se la metteva sulla te-

sta. Accarezzami, diceva. Un giorno mi pareva meno spaventato del solito, e così ho provato a parlarci. Senti: è evidente che quelli che ti vengono a trovare ogni giorno sono i tuoi genitori, gli ho detto. Perché tua madre ha il naso come il tuo, tuo padre è alto e magro come te e perché, appunto, ti vengono a trovare ogni giorno. Allora lui mi ha guardata con quegli occhi incredibili e mi ha implorata: abbi pietà, non mi dire queste bugie bugiarde, sennò mi confondi."

"…"

"Sapessi quanto ho ripensato a Papà Trauma e a Mamma Ossessione, in quel periodo. Attorno a me erano tutti figli loro. Barricati ognuno nella cameretta del proprio mito, avresti detto tu."

"Le mie teorie ti saranno sembrate ancora peggio di un cliché. Cazzate di un ragazzino che non ha nessuna idea di che cos'è il dolore…"

"Al contrario. Anche nei momenti più estremi, quando mi sfuggiva il motivo per cui io continuassi a svegliarmi ogni mattina se non ne avevo nessuna voglia, e prendevo questo farmaco che mi toglieva un po' d'angoscia, ma mi intorpidiva le gambe e mi riempiva la testa di cotone, mi ripetevo: forza. Sei qui per non cedere al ricatto di Papà Trauma. Sei qui perché non sei solo Quella Che Ha Sempre Aspettato La Morte Di Chi Ama Finché Una Notte Quella Morte È Arrivata. Sei qui perché puoi andare avanti."

"L'hai fatto?"

"Non lo so… Perché mi guardi così?"

"Così come?"

"Così. Come chi sta pensando qualcosa che però non sa se è il caso di dire."

"Infatti no. Non è il caso."

"Per favore. Sono qui anche per questo."

"Per cosa?"

"Per capire se buttarmi nella storia con Damiano sia stato un modo per andare avanti, come ho sempre pensato fino a

sette mesi fa. O se non sia stato invece un modo per acquattarmi definitivamente fra le braccia di Papà Trauma, almeno finché non è nato Emanuele e senza fare niente ha fatto tutto, mi ha tirato via da quelle braccia, mi ha detto sveglia, mi ha chiesto ma insomma tu chi sei: perché è questo che comincio a pensare. Ed è questo che stavi pensando tu, vero?"
"Arianna."
"Di."
"Passami l'olio."
"Dov'è?"
"Non c'è."

"È ancora l'arancione il tuo colore preferito?"
"Sì. Direi di sì. E le uova? Ti fanno ancora schifo?"
"Sì. Però non sento più Caterina."
"Perché?"
"Perché da quando è nato Emanuele sono rimasta piuttosto sola."
"Forse sei tu che ti sei appartata… Se ci pensi, anche gli animali fanno così. Hai mai visto una mucca allattare mentre chiacchiera con le sue amiche mucche? Nemmeno per il toro c'è spazio. Ci sono solo la mucca e il vitellino."
"Questo è vero."
"Ci ho messo un po' per accettarlo: all'inizio, quando Christina e Iris sono tornate dall'ospedale e se ne stavano in quella che era anche la mia stanza, in quello che era anche il mio letto, ma era evidente che fossero un mondo a parte dove non c'era nessuno spazio per nessuno, nemmeno per me, be'… Non è stato facile. Non ho mai avuto la tentazione di tradire Christina come in quel periodo."
"…"
"…"
"L'avevi mai tradita, prima di stanotte?"

"No. Non l'avevo mai tradita. E tu? Damiano l'avevi mai tradito?"
"Tradire un uomo sposato è un concetto un po' perverso. E comunque sì. Una volta."
"Racconta."
"C'è poco da raccontare. È successo una sera con un tizio che lavorava al montaggio del cartone animato di *Naso torna sempre*."
"Che bello."
"Mica tanto, anzi è stato piuttosto squallido… Quella sera ce l'avevo con Damiano, e allora…"
"Intendevo il cartone animato."
"L'hai visto?"
"Due volte. Una con i bambini. Una da solo."
"E…?"
"E quando alla fine arriva il pupazzo del leoncino strabico mi sono commosso tutte e due le volte. Timotheos se ne è accorto e ha detto: papà, ma è una fine felice, finalmente la bambina con gli occhi verde alieno avrà un pupazzo che non se ne va, perché piangi?"
"Io non credo di avere tradito Damiano, stanotte."
"Neanche io credo di avere tradito Christina. Ma credo anche che tutti e due, se adesso ci vedessero, non sarebbero del nostro stesso parere."
"Abbi pietà, non mi dire queste bugie bugiarde, sennò mi confondi… E dammi un'altra sigaretta. Ahia…"
"Che c'è?"
"Il polso. Ho fatto un movimento troppo veloce."
"Ti fa male?"
"Tendinite. Roba che viene ai tennisti e alle mamme che vogliono fare tutto da sole, mi ha detto il medico. Prendi dal lettino, rimetti nel lettino, metti nel seggiolone, sposta sul fasciatoio…"
"…Metti nel passeggino, prendi dal passeggino…"
"Rimetti nel lettino… Scusa un attimo."

"Figurati."
"Pronto?... Ohi, ciao... Tutto bene? Ti stavo per chiamare io... Sì... Sì... Certo... Ma ha mangiato?... Ora dorme?... Ha fatto fatica ad addormentarsi?... Mmh... Mmh... Sì... Bene... Certo... Sette cucchiaini, sì. E duecentodieci di acqua... Sì... Ti ho detto di sì. Davvero. Stai tranquillo... Grazie... Buonanotte."
"Tutto bene?"
"Sì."
"Posso approfittarne anch'io, visto che ci siamo? I bambini sono dai genitori di Christina."
"E tuo padre? Vi viene a trovare, ogni tanto?"
"Gli ho portato una volta a Torino Iris e Timotheos. Myrtos non l'ha neanche conosciuta."
"Mi dispiace."
"A me dispiace più per lui, ormai. Quello che mi interessa è comportarmi con i bambini in un modo totalmente diverso da come si comportava lui con me. Per dire, non ricordo che mi abbia mai toccato, se non una mano sulla spalla, molle, tipo medusa svenuta casualmente lì, il giorno del funerale di mia mamma... E io invece me li bacio in continuazione, me li mangio per quanto me li bacio. Tua madre?"
"Sta meglio. Cioè, adesso riversa tutte le sue ansie su Emanuele... E io per il momento provo a fargli da scudo. Ma tu devi telefonare, dai."
"Sì. Pronto?... Amore, ma che fai, mi rispondi tu al telefono dei nonni?... Ho capito... Brava... Che fate?... Mmh... Bello. E Theo?... Mmh... Myrtos? Dorme?... Dimmi... Sì... Ma dai?... Sì... Bellissimo... Domani me lo fai vedere... No, stasera no, passa a prendervi la mamma fra poco, io sono dovuto venire ad Atene per vedere un amico... Robert, si chiama Robert, l'hai conosciuto un giorno su Skype... Quello con i capelli lunghi e bianchi, sì... Erre, brava, ma Robert è il suo nome completo... Te lo spiego domani perché, ok?...

Pure io... Dai tre baci sul naso a Theo e tre sul piede a Myrtos. Buonanotte."
"..."
"..."
"Ci pensi mai a lei?"
"Sì. E tu?"
"Anche. Da quando è nato Emanuele ci penso tutti i giorni."
"Avrebbe quasi dieci anni, adesso."
"E magari avrebbe i tuoi occhi e il mio naso, povera bambina."
"O magari avrebbe i tuoi occhi, le tue gambe e il mio naso e sarebbe già una star di Instagram."
"Ma no! Non le avremmo mai permesso di avere il cellulare, a dieci anni."
"Guarda che già fra un anno Emanuele non sarà più un bambolotto nelle tue mani. Sarai tu a dovergli correre dietro, lui camminerà, andrà dove gli pare, e preparati perché la direzione sarà matematicamente quella sbagliata, ci sarà sempre uno spigolo all'orizzonte, un gradino troppo alto, la tagliola che un cacciatore pazzo ha messo lì apposta per vedere se stavi attenta... Rimpiangerai le pappe e il frullatore, vedrai."
"Sarà tutto un po' meno palloso, però..."
"Palloso?"
"Scusa, lo so che non si dovrebbe dire. Ma sono ubriaca, sempre più ubriaca."
"E invece sono felice che l'hai detto. Così posso dirlo anch'io."
"Allora dillo, dai. Dillo tu."
"Ogni tanto, soprattutto nel primo anno e mezzo e in certi pomeriggi d'inverno, quando 'sto gnomo un po' vuole camminare, appunto, ma un po' non lo sa fare, un po' vuole parlare, ma un po' non lo sa fare, tu gli dici amore di papà una volta, quello ti dice baaaa..., tu gli ripeti amore di papà, quello ti dice booooop..., e poi comincia a piangere... ha fame?, no non ha

fame, ha fatto la cacca?, no: il pannolino è pulito, ha sonno?, impossibile: si è appena svegliato, ha bisogno di prendere aria? forse, ma fuori fa troppo freddo per uscire, allora ti metti a gattonare dietro a lui, così finalmente si tranquillizza, gattona fino al bagno, si aggrappa al bidet – possibile che fra tanti giocattoli che ha nessuno lo interessi e lo ispiri come il bidet?, possibile – e tutto soddisfatto apre il rubinetto, lo chiude, lo riapre, baaa, lo chiude, boop, lo riapre... Almeno saranno passate due ore, ti dici a quel punto, e guardi l'orologio. Sono passati sei minuti. Ecco: in quei pomeriggi può capitare che tu ti rompa così tanto le palle, ma così tanto, che anche mollarlo alla vicina per andare a fare la spesa ti sembra un'avventura imperdibile. E ora brinda con me a questa verità. Forza."

"A quanto ci si può rompere le palle in certi pomeriggi."

"A quanto ci si può rompere le palle."

"Ma Costanza sarebbe stata diversa."

"Certo. Avrebbe parlato a due mesi, Costanza. A quattro mesi sarebbe stata lei ad annoiarsi di passare dal lettino al fasciatoio al seggiolone e ci avrebbe chiesto di andare tutti e tre insieme a ballare."

"Oppure in Perù."

"O sulla luna."

"Di."

"Eh."

"Rispondimi d'istinto però."

"Lo faccio sempre."

"Che cosa significa, quindi, diventare genitore? Tu dovresti averlo capito ormai."

"Apro un'altra birra, aspetta. No! Perché ti rivesti?"

"Stavo solo rimettendomi la camicia..."

"No. Ti prego."

"..."

"Brava. Rimani così. Allora... Io credo che la risposta c'entri con i discorsi che facevamo dieci anni fa, sai... Con i nostri traumi. Le ossessioni… Lo sforzo per liberarci, i fallimenti. Anche se pensiamo di no."

"Cioè?"

"Cioè lì per lì, quando Iris aveva più o meno l'età che adesso ha Emanuele, mi dicevo bene caro Di, adesso ci devi stare, è finita un'epoca e ne inizia un'altra, non ci sarà più il kite come e quando ti pare, non ci saranno più storie d'amore disperate con disegnatrici di libri per bambini fuori di testa, sei diventato una persona nuova, come dicevi tu, una persona che ha e avrà per sempre un figlio, una persona che con quella di prima non potrà più avere niente a che fare."

"È esattamente quello che sto pensando io."

"Bene. Io mi sono reso conto che è una grande cazzata."

"Ma lo dicono tutti che quando nasce un figlio non c'è scampo, ti cambia la vita…"

"Certo. Però non cambi tu. O meglio… Cambi, sì. Ma perché, almeno a me è successo così, proprio mentre tu pensi che devi rinunciare a tutti i te che sei stato fino a quel momento, in realtà quei te si stanno dando all'improvviso appuntamento. È un raduno generale. Ed è per questo che ci sentiamo frastornati."

"…"

"Mi spiego? Lì per lì ci sembra che per accogliere questa bambina, questo bambino, dovremo eliminare tutti i nostri casini: invece no. Secondo me è tutto il contrario. È proprio grazie a quella bambina e a quel bambino che finalmente li possiamo guardare in faccia."

"Sai, sono andata a una riunione per genitori single, qualche settimana fa… E c'era una donna che diceva più o meno proprio questo… Dobbiamo fare uno sforzo per rimanere saldi, diceva. Per non permettere all'Uragano Figlio di portarsi via le nostre contraddizioni, le nostre impotenze, i nostri più veri, oscuri desideri…"

"Giusto. È così. Lo sforzo è quello di tenere tutto insieme, non c'è proprio niente di te che devi davvero e nel profondo sconfessare. Quindi, io risponderei: significa mettere in gioco, con quel bambino e quella bambina, tutto. Ma proprio tutto. Ecco che cosa significa diventare genitore. Capire che non lo diventi solo tu, la persona che sei o almeno credi di essere in quel momento, ma lo diventa tutta la tua storia. Il kite, le sfighe, le botte di culo…"

"Le persone che hai amato, quelle che non ami più, quelle che amerai per sempre…"

"I vicoli ciechi, le scorciatoie."

"Le birre!"

"E le infinite giornate che hai passato a non fare un cazzo di niente."

"La paura, quando squilla un telefono."

"Il fallimento di un ristorante."

"I nostri morti."

"Pure loro, certo."

"Quindi…"

"Quindi?"

"Quindi non esistono bravi o cattivi genitori, secondo te, ma solo persone. Più o meno disposte a conoscersi, a rimanere in contatto con la loro identità."

"Sa un po' di dottor Massimini, messa in questa maniera, ma sì… Solo chi si conosce può sperare di essere un padre abbastanza buono, una madre niente male. È quello che penso."

"E anche Stefano, quindi, sarebbe genitore di Emanuele."

"Sì."

"Anche tu."

"Come tu lo sei di Iris, di Timotheos e di Myrtos. E lo sono gli ex di Christina."

"…La ex moglie di Damiano, quindi, farebbe parte del mucchio. E anche quello che ancora li tiene legati…"

"Tutto, tutti. Pure il compagno dell'asilo che ci rubava i pennarelli."

"Pure lui?"

"Sì. È come se, dal giorno del parto, ci fosse questo rave che non finirà mai, dove nessuna delle persone che abbiamo conosciuto, niente di quello che abbiamo fatto e siamo stati, sono esclusi. E non ci resta che prendere atto di questa immensa confusione. Non possiamo più fare finta di niente."
"…"
"A che cosa pensi, mia bellissima?"
"Che il rave potrebbe essere l'occasione buona per mandare a stendere una volta per sempre Papà Trauma e Mamma Ossessione… Per uscire dal mito."
"Sì. Anche se, proprio per difenderci dalla confusione del rave, e di tutti quegli invitati, il rischio è che ci riandiamo a ficcare lì…"
"Fra le tette enormi di Mamma Ossessione."
"Fra le braccia possenti di Papà Trauma. E mentre potremmo diventare genitori, torniamo figli. Dell'ossessione di non essere bravi genitori…"
"Di non avere abbastanza latte."
"Di non starci dentro, di non amare più nostra moglie."
"… il nostro compagno. Dei vaccini."
"Dell'asilo nido. Delle chat con le madri dei compagni delle elementari."
"Delle pappe."
"E così eccoci di nuovo prigionieri del mito."
"Da dove invece potevamo finalmente evadere…"
"Evadere no. Su questo ho cambiato idea, sai, e forse a contagiarmi sono state quest'isola, questa terra…"
"…"
"Mi sa che non possiamo evadere dal mito di noi. Possiamo fare di più, forse: possiamo tradirlo. Senza però rinnegarlo, un po' come diceva la tipa che hai conosciuto alla riunione… Possiamo accettare che non esiste solo una versione di quel mito. Ne esistono moltissime. E sono proprio loro gli ospiti d'onore di quel rave. Scelgono la musica, versano da

bere. Fanno finalmente amicizia, invece di ostinarsi a credere che, se ne esiste una, non può esistere pure quell'altra."
"..."
"Io ti amo, Arianna. E amo pure Christina. Amo i miei nonni, amo questa grotta."
"Io ti amo, Di. E amo Damiano. Come amo Stefano."
"Emanuele non sarebbe Emanuele, se non fosse così. Perché lui è figlio di tutto il gran casino che sei."
"La commozione che provo, quando anche solo penso a lui, ha ribaltato tutto quello che avevo messo in ordine con talmente tanta fatica... Mi ha fatto sentire così... così scoperta..."
"Ti credo: in mezzo a un rave con cinquecentomila persone è difficile sentirsi al sicuro."
"E come si fa ad abituarsi?"
"Mi sa che ci vuole costanza. Vieni qui."


"Sai, quand'ero incinta, ho scritto una lettera lunghissima a Emanuele, perché possa leggerla quando sarà più grande..."
"Di che cosa gli hai parlato?"
"Di come mi sentivo mentre lo aspettavo... Della prima ecografia, di quando ho sentito battere il suo cuore dentro al mio... Di suo padre. Di Stefano... Di tutto quello che magari un giorno lui vorrà sapere, ma può darsi che io allora non ricorderò più."
"È fortunato ad avere quella lettera che lo aspetta."
"Ma è una lettera fasulla."
"Perché?"
"Perché di te non parla mai. Se dovesse capitarmi qualcosa quando è ancora piccolo, lui non saprebbe mai che cosa è successo qui, dieci anni fa... È tutta la mia storia che è sua madre, no? Allora gli mancherebbe un pezzo fondamentale per capire chi è, sua madre. E forse pure per capire chi è lui."

"Non ti è mai venuta voglia di farti crescere i capelli, almeno un po'?"
"Perché, secondo te dovrei?"
"No. No che non dovresti."

"È che sono stanca. Certe sere, quando Emanuele finalmente si è addormentato, sono talmente stanca che mi stendo sul pavimento della cucina, per non rischiare di svegliarlo. E comincio a piangere. Piango anche perché quella stanchezza in qualche modo mi è cara, perché sento che quest'amore così nuovo, così assoluto, è tutt'uno con quella stanchezza, è quella stanchezza. Ma piango anche perché, banalmente, proprio quando potrei pensare a me, non ho più energie. E non so se considerarla una maledizione o una benedizione."
"Sai, a me aiuta tanto il lavoro. Può sembrare assurdo, ma quando vado in pizzeria mi riposo. A te non succede, quando disegni?"
"Non lo so. Non ho più disegnato, da quando è nato. E forse quelle sere piango soprattutto per questo. Perché mi domando se ne sarò ancora capace…"
"Non ci credo: ma ancora non ti rassegni?"
"A che cosa?"
"Al fatto che la vita non ti farà mai abbastanza compagnia e avrai sempre bisogno di inventare assurdi animaletti. E ora dovranno fare compagnia anche a Emanuele: sono sicuro che Pilù e Naso non vi basteranno."
"Anche tu la pensi così…"
"Anche io?"
"Damiano sostiene che io abbia una dipendenza dal vuoto. Da quello che non c'è."
"Sì. Allora anche io la penso così."
"Quindi non credi davvero che, se Stefano non avesse avuto quell'incidente, noi due non ci saremmo mai lasciati?"
"Certo che ci credo. Ma credo anche che sarebbe stato

difficile per tutti e due accettare che avevamo trovato proprio quello che stavamo cercando. Perché tu per me sei stata questo: sei stata quello che stavo cercando."

"...Però di fatto neanche mi conosci e io non conosco te... Mentre Christina e Damiano sì. Loro lo sanno bene chi siamo."

"Dici? Sei proprio convinta che un lungo matrimonio tiri fuori chi siamo, mentre un amore che non è stato destinato a durare no, non lo possa tirare fuori? E se invece la nostra verità più profonda non fosse che un frammento e avesse a che fare proprio con quella purezza, con quello splendore divino?"


"Prima o poi smetterò di concentrarmi sul fatto che sono diventata madre, secondo te, e mi concentrerò finalmente solo su Emanuele? È come se lo stessi ancora aspettando, per certi versi... Non riesco a considerarlo ancora esattamente una persona, non ha un carattere, non ha una voce..."

"Ma ti immagini se i nostri figli uscissero fuori già con la loro personalità, con il loro tono di voce? Ci pensi a che shock sarebbe se dalla tua pancia sbucasse fuori qualcuno che subito ti dice ciao, io tifo la Sampdoria, non mangio carne, odio i posti dove c'è troppa gente, mi piace suonare i bonghi, preferirei dormire in quella stanza lì e sono arrivato per non andarmene mai più?"

"In effetti sarebbe piuttosto inquietante."

"Io credo che la natura abbia una sua saggezza. Che non sia un caso se passano nove mesi, da quando sai che aspetti un figlio a quando arriva. E che non sia un caso nemmeno se, quando arriva, ti dà un altro po' di tempo per cominciare a scoprire davvero chi è."

"Non ci avevo mai pensato. Hai ragione."

"Anche perché il gioco sta tutto lì. Nel fatto che la sua

voce ti riguarderà. Quello che tifa, quello che mangia e che non mangia avrà a che fare con tutti gli invitati al tuo rave."

"Per non parlare di quanto avrà a che fare con quegli invitati come e chi i nostri figli ameranno..."

"Iris si è fissata con un bambino, a scuola. Uno che appena la vede scappa, proprio si va a nascondere il più lontano possibile da lei. Ma lei dice che sono fidanzati."

"Allora è vero che è un po' anche figlia mia..."

"Già... E comunque ti accorgerai presto che perfino adesso Emanuele ha nascosto da qualche parte il suo carattere. Almeno a me è successo così, con tutti e tre: mentre crescevano, e diventavano le persone che sono, finalmente interpretavo anche i segnali che quando avevano pochi mesi non avevo capito... Però di chi sono i nostri figli ne parleremo se torni fra altri dieci anni. Adesso non avere fretta. Finché puoi, abbandonati a quei versetti incomprensibili. A quel segreto."

"Non sono mai stata brava, con l'abbandono."

"Questa è solo una versione del tuo mito. Nella mia versione, per esempio, tu sai abbandonarti come nessuno che io abbia mai conosciuto."


"Quando sono nati?"

"Iris il trentuno luglio, Timotheos il sedici settembre e Myrtos il due maggio. Emanuele?"

"Il ventisei ottobre."


"A volte, pure se sono passati dieci anni, ho la sensazione che sia successo tutto così in fretta... Tu che arrivi, tu che te ne vai, il ristorante che apre, che chiude, Christina che arriva, e poi Iris, Timotheos, Myrtos..."

"A chi lo dici. Stefano che se ne va, tu che arrivi, Stefano che muore, Damiano che interviene, sua moglie che inevitabilmente ci separa, Emanuele che inevitabilmente ci lega…"

"Ma lo spazio per capire davvero che cosa vuoi. Che cosa davvero ti riguarda. Tu te lo sei mai preso?"

"A me l'ha imposto Emanuele. O forse me l'ha regalato… Chi lo sa. Comunque è esattamente per questo, per rimettermi a quello spazio, che adesso sono qui."

"Anche io sono qui per questo. Perché il rischio è fare finta che quello spazio non esista."

"Per lo stesso motivo, mi sa che ho deciso. Dirò a Damiano che è meglio continuare a stare ognuno per conto suo: e, se gli va, mentre proviamo a diventare genitori – perché lui naturalmente può vedere Emanuele come e quando vuole – potremmo ricominciare a frequentarci, ma lui e io. Io e lui. Lasciare il bambino una sera alla settimana a mia madre e uscire… Andare a cena, al cinema… Cose così, che quando eravamo amanti facevamo solo ogni tanto, e sempre di nascosto. Perché, hai ragione tu, ci sono stati Stefano, sua moglie e troppo Freud, fra noi. E non so nemmeno se in tutti questi anni ho creduto di amarlo solo perché aveva un'altra vita e non mi chiedeva di restare, o se adesso credo di potere fare a meno di lui solo perché resta. E mi chiede di restare. Però so che Emanuele rischia di essere l'ennesimo alibi per non guardarci in faccia e scoprire se ci piacciamo, non ci piacciamo. Se è rimasta ancora qualche traccia – e, se sì, dove è andata a nascondersi – di tutta la fiducia che c'è stata, di tutto quel capirsi. O se magari ci stiamo proprio sulle palle: anche questa è una possibilità, davvero."

"A un figlio non si può dare la responsabilità di tenere insieme i suoi genitori. Ma nemmeno di dividerli."

"No. Non si può, povero Cristo. Già gli tocca stare al mondo, per colpa nostra."

"Questa avrebbe potuto dirla Stefano, però."

"…Vero."

"Io invece direi che è anche nostro il merito, se sta al

mondo. Perché una notte come questa sennò come farebbe a sperare di viverla?"


"Ammettilo, dai: sono invecchiata. E sono grassa dove prima ero magra, secca dove dovrei essere morbida. Insomma, da buttare."
"Sì, certo. Fai schifo. Infatti sono eccitato da sei ore e ancora non mi basta. Non mi basti."
"Di?"
"Sì."
"Grazie."
"Di che cosa?"
"Grazie di tutto, grazie di niente, grazie per il tempo..."
"...Grazie come lo diceva Erre."
"A me l'hai insegnato tu. Sarebbe giusto anche dirlo ai nostri figli, alla fine di ogni giornata, prima di metterli a dormire, invece di dirgli solo buonanotte. No?"
"Grazie Iris, grazie Timotheos, grazie Myrtos... Hai ragione. Sarebbe giusto dirglielo. E bello. Domani comincio."


"...Ma una come te come fa a difendersi dalla paura che possa succedergli qualcosa?"
"Non mi difendo. Infatti mi devasta. I primi giorni, mentre dormiva, ero così spaventata dall'idea che potesse smettere di respirare che gli tiravo un braccino, una gambetta. E lo svegliavo. Lui si metteva a piangere disperato, ma almeno io ero sicura che fosse vivo."
"Bisogna che le mandi un messaggio e la inviti al rave, allora."
"Alla paura?"
"Eh."
"Ma quando la chiamo non risponde mai."

"Te lo ricordavi?"
"Che cosa?"
"Che si potesse passare una notte senza dormire, ma non perché c'è un neonato che piange: perché sei tu che vuoi rimanere sveglio."
"No. Non me lo ricordavo."
"Nemmeno io."
"Sai?"
"Cosa."
"Forse per te è davvero arrivato il momento di dare un po' di fiducia a quello che c'è. A Emanuele. A Damiano, comunque andrà. A questa notte. Ai giorni."

Emanuele
Roma, giugno 2018

> Nella vita dell'umanità il punto di vista mitico rappresenta un grado iniziale e primitivo, ma nella vita del singolo esso rappresenta invece un grado avanzato e maturo.
>
> Thomas Mann, *Freud e l'avvenire*

*Naxos, 2 giugno 2018*

*Caro Emanuele,*
*ciao, mi chiamo Di e tua madre mi ha chiesto di scriverti questa lettera... Lei giura che non la leggerà mai, anche se adesso è davanti a me e allunga l'occhio, e quando sarà sull'aereo per Roma sono sicuro che già avrà infranto il giuramento. È che non si fida troppo di quello che succede, se non tiene lei in mano il filo. Eppure le è sfuggito di mano, quando è rimasta incinta di te. E le era sfuggito anche quando, molti anni fa, aveva incontrato me. Forse è proprio per questo che mi ha chiesto di scriverti: perché io l'ho conosciuta in un momento in cui aveva perso, con quel filo, tutte le sue certezze. E posso assicurarti che è una meraviglia avere a che fare con lei, quando è così. Ma questo, nel momento in cui leggerai la lettera che ti sto scrivendo, lo saprai molto meglio di me. Saprai anche che è una persona che fa parecchi casini, tua madre, e spero che sarai più generoso con lei di quanto lei a volte non riesce a essere con se stessa. Per esempio non si perdona che nella lunga lettera che ti ha scritto mentre era incinta – e che tu, se sei arrivato fino a qui, avrai appena finito di leggere –, non ti abbia parlato di me. Dice che è giusto che tu sappia che io sono esistito e che, un tempo, lei e io siamo stati grandi amici. Così intanto mi presento. E se un giorno tu volessi saperne di più, ma non trovassi il*

*modo di chiederlo a lei, o se volessi semplicemente imparare a fare kite, qui sotto ti lascio il mio numero di telefono. E soprattutto ti aspetto a Naxos, un'isola strana, dove le storie cominciano, passano, ma non si chiudono mai, perché c'è sempre qualcuno che si inventa un finale diverso e così tutto ricomincia da capo, come in un eterno presente.*

*Quello in cui ti auguro il più possibile di avere la sensazione di vivere, perché, anche se ogni tanto è faticoso, comunque ne vale la pena. Le storie dove il passato il presente e il futuro filano uno dopo l'altro, invece di giocare a nascondino nello stesso labirinto, non possono essere interessanti... Molto meglio i fumetti per bambini allora, no? Oppure i miti, se hai l'incoscienza di tradirli. Ma avremo modo di parlarne, spero.*

*Con amore incondizionato,*

*Di*


Prima che la inghiottissero i controlli dell'aeroporto, alle sei e un quarto, mentre il nero della notte cominciava a sfumare nel blu e poi subito in un argento promessa, si erano fissati per prendere tutto, finché erano ancora in tempo. Lei quelle spalle larghe, lui quegli occhi verde alieno, il camicione troppo largo, lei quello sguardo sbilenco, lui quel sorriso triste, lei quel sorriso triste.

E adesso, mentre l'aereo atterra a Roma, la sorprende una specie di pace. Di quelle che ogni tanto sbocciano inaspettate. Come nel bel mezzo di un rave: quando improvvisamente la musica si abbassa e tutti hanno bisogno di riposare, per poi ricominciare.

Prende la navetta che la porta agli arrivi, cerca la fila per i taxi.

E si sente tirare per un braccio.

"Ciao. Sei tu?" È una donna con la faccia da bambina

stanca, quella che la fissa. Ha due occhi da manga, spaventati. È avvolta in una grande fascia gialla, da dove spunta la testolina di una neonata, avrà sì e no un mese. "Non mi riconosci? Sono Lidia. La riunione dei genisoli…"

"Lidia!" No, non l'aveva riconosciuta. Perché aveva pensato a lei talmente tanto che l'idea aveva preso il sopravvento sulla persona? Forse. O forse perché quel giorno, dai genisoli, aveva la fierezza di una principessa indiana, mentre adesso ha i capelli raccolti male con un mollettone, una tunica lunga blu che somiglia tanto a una camicia da notte e l'aria di chi ha appena smesso di piangere, o potrebbe cominciare a farlo da un momento all'altro. "Scusa, certo che ti riconosco, ma sono appena tornata da un viaggio su un'isola… Un'isola che ti confonde e che… L'Isola dell'Abbandono, ecco."

Spunta un sorriso sulla faccia di Lidia. Ma anche quello è stanco.

"Lei è Alba." Le indica con il mento la bambina, che dorme.

"Ciao, Alba," soffia lei. "Sembra così tranquilla…"

"Lo è," sospira.

"E tu come stai, Lidia? Ho riflettuto molto sulle tue parole, sai, e non puoi neanche immaginare quanto si siano rivelate importanti per me."

"Sono contenta. Davvero." Il mento le traballa, ricaccia indietro un singhiozzo.

"Come stai?" ripete lei.

"A pezzi." Lidia alza gli occhi, li riabbassa, li strizza, non le vuole proprio quelle lacrime.

"Mi dispiace…"

"Pietro, il papà di Alba, è venuto a trovarla un paio di volte, da Milano, ma di fatto non c'è mai… E comunque fra noi è finita."

"Sì, ce l'avevi raccontato. Ma ci avevi raccontato anche che accanto a te ci sarebbero stati i tuoi amici… L'Arca Senza Noè li avevi chiamati, giusto?"

"Giusto. Ma eravamo abituati a vederci sempre a casa mia, dopo cena, e adesso i miei orari sono cambiati. Mentre i loro no, sono rimasti gli stessi... Mettiamola così."
"Però contavi soprattutto sul tuo ex marito."
"Sì."
"È un progetto importante e delicato, quello di una famiglia allargata, forse avete tutti bisogno di tempo, per..."
"No: no. Ci sarebbe da scriverci un romanzo, ma insomma... Lorenzo dal giorno del parto è sparito. Sparito."
"Mi dispiace..."
"Neanche il cane."
"Che cosa?"
"Il mio cane. Lorenzo e io l'avevamo trovato legato a un palo quindici anni fa, da quel giorno ha sempre dormito sul mio letto. Ma da quando sono tornata dall'ospedale mi evita, va a dormire in cucina, e se mi avvicino a lui con Alba in braccio mostra i denti. Non l'aveva mai fatto."
"..."
"Pare che nessuno. Nessuno di quelli che per me erano tutto il mondo, perché erano casa mia, mi perdoni questa bambina. E oggi proprio non ce la facevo più. Quindi sono venuta qui."
"Dove vai?"
"Da nessuna parte, dove vuoi che vada, da sola, con una neonata di un mese e mezzo?"
"..."
"Avevo solo bisogno di guardare la gente che parte. Che arriva. Che scappa... Io l'ho fatto per una vita e ora più che mai avrei una voglia pazza di farlo. Ma non posso. Non posso più scappare."
"Tu sei forte, anche se ora credi di no." La tira a sé e le sussurra in un orecchio.
"Perché? Perché quand'ero incinta tutto sembrava allungarsi per venirmi incontro? E adesso, invece... adesso pure gli ormoni mi hanno abbandonata... Adesso ci sarebbe lei,

lei a cui dare tutto quello che ho... Allora perché mi pare di non avere più niente? E dove sono finiti tutti? Mi ero circondata solo di fantasmi, è questa la verità... Proiezioni, fantasie. Zone cieche degli altri che ho avuto la presunzione di illuminare, perché fossero diversi da quello che sono, gli altri. Sempre meglio giocare dentro a questo labirinto di specchi che stare nella vita quella vera, pensavo. Ma poi la vita quella vera arriva e ti trova col culo per terra. Così ti accorgi di avere sbagliato tutto. Tutto."

Vorrebbe risponderle: ma come? Sei tu che l'hai insegnato a me. Mi hai insegnato che è adesso, proprio adesso che non dobbiamo trasformare i nostri figli nella scusa per perdere definitivamente il contatto con quello che davvero siamo, anche se è scomodo, soprattutto se è scomodo... E vorrebbe dirle che non è solo lei: è tutta la sua storia che è diventata madre, e magari è una storia diversa da quella che aveva immaginato, magari è una storia di cui in realtà non ha capito niente, magari è davvero una storia tutta sbagliata, ma Alba è venuta al mondo grazie a quella storia. E chissà che non sia arrivata anche per rivelarle che ci sono dei passaggi che lei non ha ancora capito. Un protagonista che aveva confuso con qualcuno che passava di lì per caso e qualcuno che passava di lì per caso che aveva confuso con un protagonista. Chissà. L'importante è che adesso – proprio adesso – lei sappia che ci sono labirinti dove, per uscire, dobbiamo mollare il filo che avevamo in mano, invece di tenerlo stretto.

Ma riesce a dirle solo: "Sono mesi pazzi, i primi, prova a non fidarti di quello che pensi: andrà tutto bene". Ed è sicura che sarà così.


Apre la porta di casa e l'abbraccia forte l'odore di Emanuele, quell'odore innocente. Si toglie le scarpe, arriva in punta di piedi alla porta della cameretta, magari sta dormendo... Ma un urlo le trafigge i timpani. E un altro, un altro ancora.

Trova Damiano in mutande, ha in braccio Emanuele, è inconsolabile, lui prova a cullarlo, e con una mano gli agita davanti al nasino un sonaglio a forma di giraffa.

"È da venti minuti che fa così..." Non lo ha mai visto così nervoso, l'inappuntabile dottor Massimini... Gli sorride. Dà un bacio sulla fronte a Emanuele che la vede, per un istante sembra rinunciare al suo pianto assoluto, le spalanca un sorriso, quel sorriso che le toglie tutte le difese, ma ricomincia subito a urlare come un ossesso.

"Gli ho cambiato il pannolino, gli ho dato la merenda con mezz'ora d'anticipo, ho acceso la televisione..." le dice Damiano, sempre più agitato. "Niente, continua a urlare, sembra posseduto... Ma che cos'ha, secondo te? Di che diamine può avere ancora bisogno?"

Lei dà un bacio sulla fronte anche a lui. Poi prende Emanuele in braccio, fa finta di mordergli un piedino, l'altro. Gli sussurra in un orecchio: "Ciao amore. Sono tornata". Lui le afferra un dito con la mano. Con gli occhi cerca Damiano, lo trova. E si calma. Misteriosamente, come misteriosamente si era turbato.

Ma se sapessimo di che cosa abbiamo bisogno, non avremmo bisogno dell'amore.

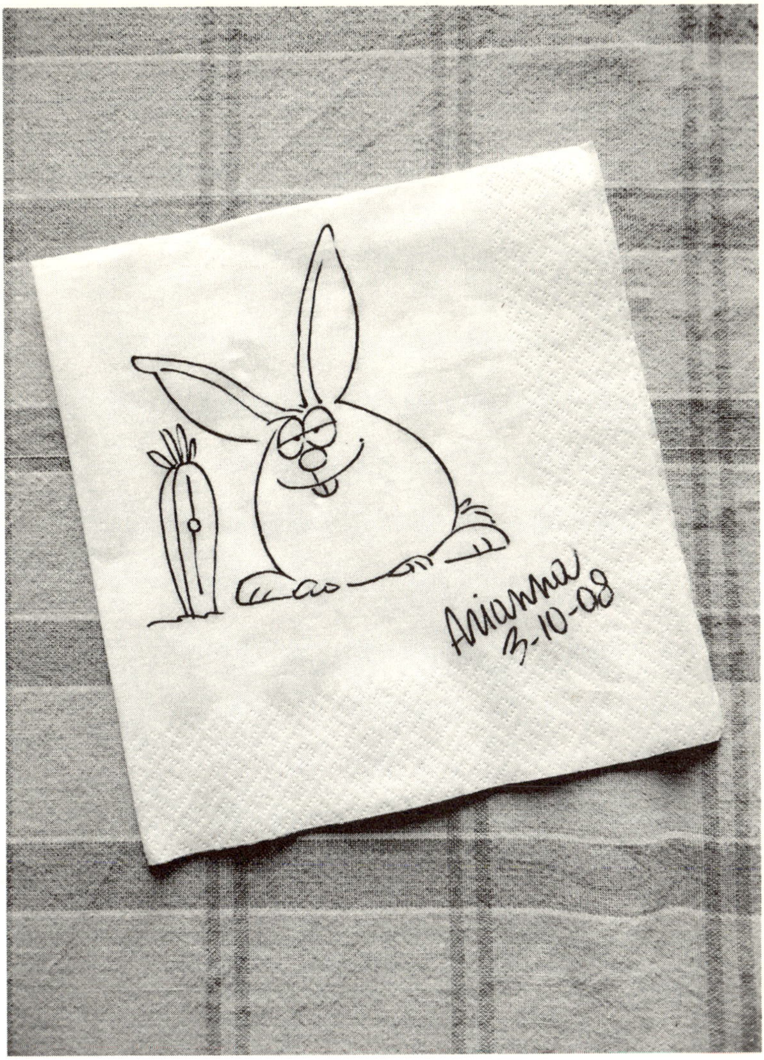
Arianna
3-10-08

# Indice

13   Emanuele
     Roma, maggio 2018

57   In asso
     Naxos, luglio 2008

87   Costanza
     Ancora a Naxos, ottobre-dicembre 2008

153  Emanuele, Iris, Timotheos e Myrtos
     Di nuovo a Naxos, giugno 2018

209  Emanuele
     Roma, giugno 2018